へるたー・すけるたー

布川 寛人
Hiroto Nunokawa

文芸社

ヘルター・スケルター【helter-skelter】あたふた。混乱。狼狽。敗走。らせん形のすべり台。

目次

《人物関係図》

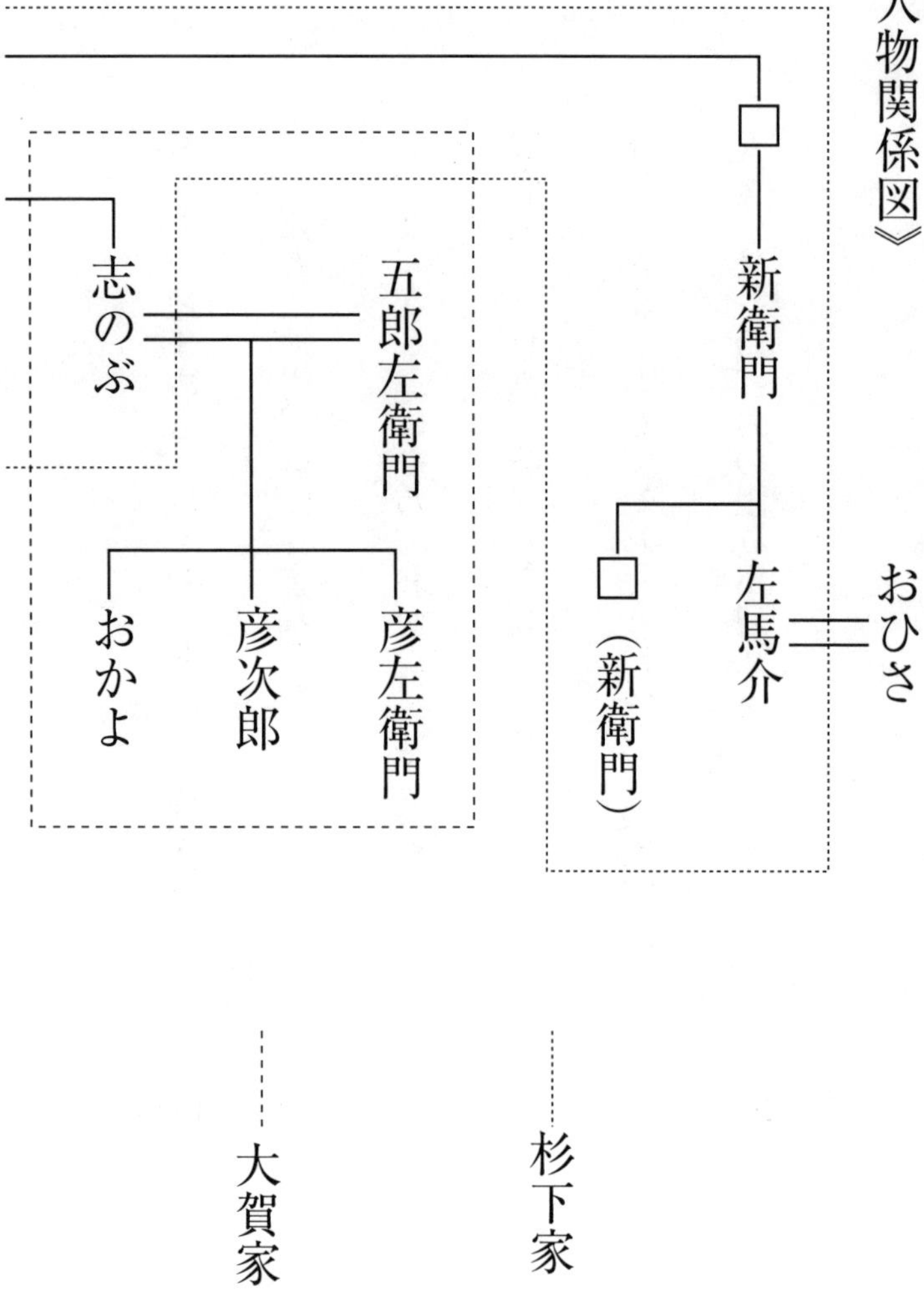

新衛門
おひさ
左馬介
（新衛門）
五郎左衛門
志のぶ
彦左衛門
彦次郎
おかよ
杉下家
大賀家

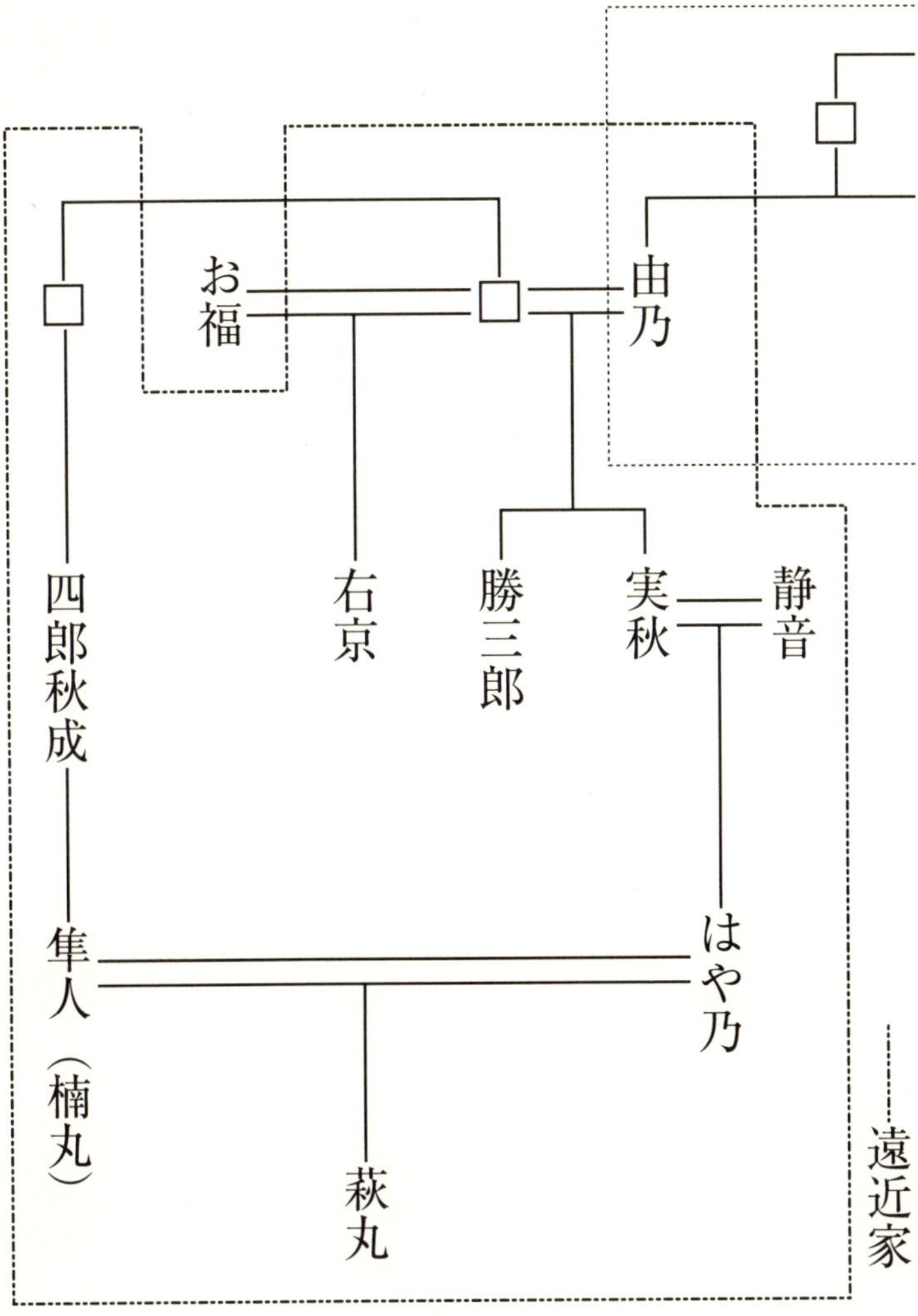

由乃
お福
四郎秋成
右京
勝三郎
実秋
静音
隼人（楠丸）
はや乃
萩丸
遠近家

へるたー・すけるたー

姦《かん》婦《ぷ》と惣《そう》領《りょう》娘《むすめ》(はや乃、怒り心頭に発する)

一

はや乃は権六谷戸《ごんろくやと》への最後の勾配《こうばい》を登りきると、大きく喘《あえ》ぐように息をついた。

高台にある谷の入り口からは、斜面を細かに彩る段々畠と、その先でさざ波のようにゆれる稲穂の様子が一望できる。三月《みつき》前にはじめての子を産んだばかりで長いこと居館にこもりがちになっていたはや乃にとって、それは目もくらむほど鮮やかな光景だった。いっそ野暮用など忘れて、いつまでものびやかな心地にひたっていたくもなるが、そんな自分に気づいた途端、

――落ちついている場合じゃないでしょうに。

と、またぞろ胸中の鬼が牙をむくのであった。

はや乃がわざわざ権六谷戸まで足をはこんだのは、泥棒猫の首根っこを押さえるためである。人の夫に手を出すだけでも許しがたいというのに、それが三年もつづいているなど言語道断もいいところ。しかも姦婦ははや乃の祖母の妹の娘、と言うとややこしいが、すなわちはや乃の父の従妹なのである。日

頃の行き来こそないものの、年中行事の折にはかならずと言っていいほど顔を合わせる相手であり、そのたびにいま思えば、しゃあしゃあとなにげない挨拶をかわしていたのだから、どれだけ面の皮の厚い女かと、はや乃は怒り心頭に発する思いであった。

「お待ち……ください」

うしろから聞こえてきた息も絶え絶えの声にはや乃がふりかえると、ようやく追いついた侍女のおせきが、くの字に身体を曲げて喘いでいた。

——若いくせにだらしがない。

おせきはまだ十六だというのに、ほとんど産後はじめて身体を動かすはや乃を案内するどころか、ついてくるのもやっとのありさまであった。もっとも、はや乃の場合は逆上して疲れを忘れていただけのことで、一息ついて我に返ってみると、確かに足がおそろしく重い。

「おかよさんの家は、どこにあるのです？」

はや乃の父実秋《さねあき》はこの地を治める遠近《とおちか》家の当主である。その惣領娘であるはや乃が、一村人にすぎないおかよの住まいをみずから訪ねたことなど一度もなかった。

「あそこです」

とおせきが斜面の終わり際のあたりを指さした。

右手の尾根には、村の社のものと思われる小さな赤い鳥居が、欅《けやき》の濃いみどりに囲まれてひっそりとたたずんでいる。そこから尾根沿いに見下ろしていくと、欅の林が小川に遮られて途絶える手前に、小さな草葺《ぶ》きの小屋が見えた。

「被衣《かずき》にしているのがおかよさんね」

「多分そうだと……」

小屋に隣接する段々畠の一枚に、白布をかぶって仕事にいそしむ女の姿があった。

「行きますよ」

「あ、はや乃さま」

はや乃は急な坂道をまっすぐに下っていった。道の両側から村人たちの好奇の視線を感じたが、はや乃は気にもとめなかった。むしろ、あえて人目につくようにおかよを懲らしめて、さらし者にしてやりたいとさえ思った。

実はこの話にはおかしな点がひとつある。夫の隼人とおかよの密通は三年にわたるものだが、はや乃が隼人と祝言をあげたのは、二年前のことなのである。おまけにほんの半刻前まで、はや乃はそのことを一切知らなかった。周囲はみんな知っていたというのに、である。

二

「はや乃、今日という今日は、おまえに話があります」

胸に抱いていた萩丸をそっと籠の中に下ろしたはや乃に、祖母の由乃《よしの》が言った。

「何ですか、そんなにあらたまって」

はや乃は襁褓《むつき》にくるまれて寝入っている萩丸に、もう一枚桜色の薄衣《うすぎぬ》をかけてやった。萩丸は口許からよだれを垂らし、ときおり鼻ちょうちんを膨らませている始末であるが、そんな姿さえこの上なく愛らしくて、見ているだけでも自然と顔がほころんでしまう。

「隼人どののことですよ」

「もうじきお帰りだそうですね」

夫の隼人が臨月間近だったはや乃を残し、領内から徴発された人夫を連れて京にのぼったまま、すでに四ヶ月がたっていた。のちに聚楽第《じゅらくだい》と呼ばれる関白の新たな居城とその周辺に建ちならぶ大名家の京屋敷の建設にあてられていたのだが、村人には過重な負担とならぬよう、ひと月ないしはふた月交代で務めさせてきた。しかし監督者の隼人だけはなかなか京を離れることができず、ようやく昨日、帰れる目途がついたという書状が届いたところだったのである。はや乃は夫に逢えるということもさりながら、はじめてわが子に父の顔を見せてやれるという喜びで、胸がいっぱいになっていた。

「だからその前に言っておきたいことがあるのです」

「そんな風におっしゃると、聞くのがこわくなりますわ」

「実際、あまり聞きたくはないことですよ」

「よそに女がいるとか」

「おや、知っていたの」

「わたしだって寝んねじゃありませんから。夫の身体から嗅《か》ぎ慣れない匂いがすれば、いやでも気がつきます」

「相手が誰かは知っているのかい？」

「別に知る必要もないでしょう。わたしのことを疎《おろそ》かにするようなら見過ごすわけには参りませんが、男の人に堪《こら》え性がないのは今にはじまったことでもありませんし」

「大した余裕だこと」

「みごもっている間は、わたしの方が隼人どのを粗略にしがちでしたから。夫婦《めおと》の関係が元に戻れば、浮気の虫も自然とおさまるのじゃありませんか」

祖母が力無いため息をついて、憐れむような目ではや乃を見つめた。

「まったく、おめでたい娘《こ》だね。隼人どのが浮気をしたのは、おまえがみごもって相手をしてやれなかったせいだと思っているんだね」

「そうですが」

「隼人どのがおかよとわりない仲になったのは、もう三年も前のことですよ」

「三年……おかよ?」

「そう、おまえの知っている、あのおかよですよ」

一瞬、祖母が何を言っているのかよく分からなかった。はや乃の胸にはおかよの色白でほっそりとした顔が浮かんでいたが、それと自分の思い描いていた浮気相手の姿とはどうしても重ならなかった。

「つまりあなたたちが祝言をあげる前からの関係だということです」

「それはどういう……」

「こんなことはいずれ露見せずにはいないだろうと思って黙っていたのですが、いい加減わたしもしびれを切らしました。はや乃、こう聞いていてもまだ呑気なことを言っていられますか?」

「いえ……ですが……」

「ああもう、じれったい。側女《そばめ》にするならする、別れさせるなら別れさせる。どちらかにしなさい。わたしなら絶対に別れさせます」

「そう……ですよね」

「でしょう。だったら、あとのことはわたしに任せておきなさい。遠近家の娘として恥ずかしくないように、きっちりと片を付けさせてあげます。どのみちもう、みな知っていることなんですから、できるだけ派手にやりましょう」

——みんな知っている？

その一言を聞いた途端、はや乃の耳の奥で何かがパチンとはじけた。

「おせき、あなたも知っていたのですか」

はや乃はつとめて平静に言ったつもりだったが、部屋の隅で糸繰りをしていた侍女のおせきは、一瞬ビクッと肩をふるわせると、うつむいたまま「はい」と消え入りそうな声で答えた。

——馬鹿にして！

なぜ誰一人として教えてくれなかったのか。てんで鈍い自分のことを、みんなして陰で嘲笑《あざわら》っていたのか。はや乃は夫の浮気自体よりも、自分が蚊帳《かや》の外に置かれていたことに腹が立った。

はや乃はすっくと立ち上がると、つぎの瞬間にはもう部屋の敷居をまたいでいた。

「どこに行くのです？」

と祖母が言った。

「話をつけに。萩丸をお願いします」

居館の女は子育ての経験のある者ばかりであるし、乳をもらえる相手もいる。自分が目を離してもさほど心配する必要はなかった。

「みっともないまねをするつもりじゃないでしょうね」

「それはどうでしょう」

はや乃はもちろん、話をする前にひとつふたつ張り倒してやる気でいた。腕っぷしには自信があるし、なによりこちらには手を出すべき道理がある。

「いいからわたしに任せなさい。うわなり打ちを……」

はや乃にはそれ以上祖母のことばが聞こえていなかった。

「おせき、一緒に来なさい」

とはや乃が促すと、おせきは救いを求めるように祖母の方を見やった。

「しょうがないねえ。それなら気の済むようにしなさい。返り討ちにあっても知りませんからね」

――まさか。

はや乃は渋るおせきを無理矢理つれだすと、一里の山道をものともせずに権六谷戸に向かった。

三

「おかよさん」

はや乃が背後からそっと忍び寄って声をかけると、しゃがんで草取りをしていたおかよが動きを止め、すこし間をおいて立ち上がりながらふりむいた。

そのときを狙っていたはや乃は、一足でスッと間合いを詰めると、ためらうことなく平手を振り下ろした。

が、相手の頬を鳴らすはずの掌は空を切った。あわてて払い返した甲も、やはり相手の鼻先を素通りした。予想もしなかった事態にはや乃の頭は熱に浮かされたように真っ白になり、耳たぶにまで朱がはけるのが自分でもわかった。

ムキになって髪と襟につかみかかると、五寸とない近間におかよの顔があった。

——年増《としま》。

おかよは年齢よりもだいぶ若く見えるが、それでも隼人の四つ上、自分よりは八つも上の寡婦《かふ》である。目尻にできたしわひとつとっても、何でこんな女に、という悔しい思いがはや乃の胸を焼き焦がす。

おかよが目を瞠《みは》って、

「はや乃さま?」

と狐につままれたような口調で言った。

そしてはや乃が両手に力をこめた瞬間、なぜか天地がくるりと逆転し、気づいたときにはねじれた手首を相手にとられていた。

「も、申しわけありません」

おかよはすぐに握りをほどき、倒れたはや乃を起こすべく、ひざまずいて手をさしのべた。はや乃はその手をたぐり寄せるように立ち上がると、力まかせに平手を振るった。

パンッ――

と、今度は当たるまいと思った一撃が、おかよの頬をはげしく打ち鳴らした。

おかよは打たれた箇所をかばうでもなく、ただうつむいて黙っている。

はや乃はそんなおかよに背をむけると、ヒリヒリ痛む右手をさすりながら、

「なぜ謝るのです」

「なぜって……」

「うしろめたいことがあるからですか」

「…………」

「先に手を出したのはわたしの方ですよ」

「申しわけありません」

はや乃はますます腹が立った。これ以上謝られると、自分のみじめさがつのるだけのような気がした。

「もう結構です」

はや乃ははだけた小袖の襟元を引き合わせながらつぶやいた。それはおかよではなく、自分に言い聞かせるためのことばだった。道々用意してきたせりふを出すきっかけは完全に失われ、今は一刻もはやくこの場を去りたいという思いしかなかった。

「おせき、行きますよ」

「え？　はや乃さま……」

「早くなさい」

おせきはあわてて駆け寄ると、はや乃の腰回りをかるくはたいた。

はや乃が膝と裾についた土を払い、キッと唇をかみしめて踵《きびす》を返すと、背中越しにおかよがもう一度「申しわけありません」と小声で言うのが聞こえた。

——今日は厄日だ。

何もかも甘く見て、何ひとつうまくいかない。

来るときは気にもならなかった村人の視線が、四方八方から胸に突き刺さってくるようであった。せめてこの人たちの前で醜態《しゅうたい》はさらすまいと、はや乃はいっそう強く唇を噛んで息がつまりそうな胸をそらした。

斜面をのぼりきって前方に一人の村人も見えなくなると、はや乃の両目の滴がみるみる盛りあがり、ついにははじけて頬を伝った。唇からかすかににじんだ錆びた鉄のような血の味は、おのれのものとは思えぬほど苦く感じられた。

四

「おむつを替えておきましたよ」

部屋に残って針仕事をしていた祖母が、ちらっと顔をあげて言った。

「すみません。そんなことまでしていただいて」

はや乃は居館にたどり着く頃には、いつもの自分を取り戻していた。先ほどと変わらぬ萩丸の寝顔を一目見ると、我を忘れてこの部屋を飛び出したことが嘘のように思われた。

「手のかからない子ですね。気分が悪くなれば泣いて教えるし、きれいにしてやればあっという間に機嫌を直して寝てしまうし」

「元気に育ってくれさえすれば、ほかに多くは望みません」

「おまえの小さい頃はいささか元気すぎましたけどね」

「そうですか？」

「おむつを替えようとすると部屋中を這って逃げまわるし、やっとつかまえて替えてやろうとすると、その途中でわざと粗相をしてみせたりするし」

「気のせいですよ」

「いいえ、あれはわざとです。おかしな笑い方をしていたもの。おとなが困るのを見て楽しんでいたのに違いありません」

「どうでしょうね。言い返そうにも、わたしは何もおぼえておりませんので」

「こどもは忘れることができるからしあわせなのです。でも、おまえはもうそんな齢《とし》ではないでしょう」

「何をおっしゃりたいのです」

「しらばくれたって、なかったことにはなりませんよ」

「それなら、もういいのです」

「どうせ返り討ちにあったのでしょう?」

「つかみかかったはずなのに、気づいたときには空が見えていましたから」

と、はや乃は他人事のように言った。

「体術です。あの子の兄の彦次郎が得意にしていて、手取り足取り教えたのですよ」

「わたしは遠近谷《とおちかだに》のおなごの中では一番遣うと自負していたのですが、勝手な思いこみだったようですね。話にもなりません」

古来よりいくさばたらきを生業《なりわい》としてきた遠近谷の住民の間では尚武《しょうぶ》の風が強く、女こどもとて例外ではない。はや乃は得意の棒術であれば、女どころか並の男にもひけをとらない自信があったのだが、それも今は脆《もろ》くも崩れ去っていた。おかよに対しては、おそらく棒を持って臨んでも結果は同じであったろうし、素手で負けただけまだ救われたというものだった。

「わたしの知っているはや乃は、やられたまま引っこむような子ではなかったはずです」

「これでも少しは分別がついたのです。このうえ大げさにやり返しに行ったりしたら、恥の上塗りもいいところではありませんか」

「それで泣き寝入りですか? 夫を寝盗られて」

「別に盗られてはいませんよ。隼人どののわたしに対するふるまいは以前と変わりませんし、むしろ順番からすれば寝盗ったのはわたしの方ですから」

「ずいぶんと弱気だこと」

「わたしを捨てるおつもりなら話は別ですが、今のままの状態がつづくだけなら構いません。わたしは遠近家の惣領娘で、萩丸という跡継ぎもすでにいます。小さなことにこだわらず、どっしりと夫を飼いならすつもりでいればよいのではありませんか」

「いやだねえ、無理をして。そんなこと、心にもないくせに」

「本心です」

「嘘をおっしゃい。さっきはあんなに血相変えて飛び出していったくせに。悔しいんだろう？　腹が立つんだろう？　それならそうと正直に言えばいいのです」

「わたしに何を言わせたいのです」

「わたしは聞きたくなんてありませんよ。ただ。お前が言いたいんじゃないかと思ってね」

「だったらおばあさまは、どうして今日まで何も教えてくださらなかったのです！」

はや乃は思わず声を荒げて、なじるように言った。

「それはこっちが逆に聞きたいくらいだよ。どうして今まで気づかなかったんだい。居館中のどこを探したって、知らない者なんていないのに」

――隼人どのを信じていたからだ。

と言ってしまえば簡単だが、そうではないと思った。

夫の隼人は遠近家の傍系の生まれだが、幼くして両親を亡くし、本家にひきとられてはや乃とひとつ屋根の下で暮らしてきた。はや乃が物心ついたときから、いずれは夫婦《めおと》になるものと何の疑いもなく思ってきたし、じっさいその通りに十六と二十で祝言をあげ、玉のような男の子さえ授かっている。はや乃はそんな日々を当たり前のこととして受け容れ、安心感にどっぷりと浸かっていた。つまり夫を信じていたと言うよりは、単に疑おうとしなかったにすぎないのである。絵に描いたようなしあわせな夫婦生活ではあったが、本当の意味で夫と心を通わせたことがあるのかといえば、はなはだ心許なく感じざるを得なかった。

「おばあさまには、わたしの気持ちなどわからないのです」

まったく八つ当たりであるとわかっていながら、はや乃はそれくらいしか言うべきことばが浮かんでこなかった。

「それはどうでしょう。死んだおまえのおじいさんも、若い頃、よそに女をつくったことがあってねえ」

「…………」

「おまけにこどもまで産ませて。もっとも、わたしはすべてお見通しでしたけれど」

「で、どうされたのです」

「黙って引き下がっては女の沽券《こけん》に関わります。その女が無事に子供を産んでから、二十人ばかりの人数をひきつれて堂々と乗りこみました。あちらも同じくらいの助勢をかき集めて待ちかまえていましたが」

祖母の大袈裟な話しぶりを、はや乃はいつもの調子で半信半疑に聞いていた。それでも双方あわせて五十人ちかい女たちが一触即発の不穏な空気をはらんで睨みあっているさまを想像すると、心が沸き立つのを禁じ得なかった。

祖母はそんなはや乃の表情の変化を見のがさず、

「こういう話は嫌いじゃないでしょう。だからおまえも、たかが一度ひねり倒されたくらいで、柄《がら》でもなく引き下がるのはやめなさい。思い切り盛大で、ちょっと派手すぎるくらいのうわなり打ちでしめしをつければいいのです」

「なんですかその、うわ何とかというのは……」

「うわなり打ち。これからじっくりと教えてあげますよ」

そう言って祖母は、ニンマリと笑った。

五

「おや、ごきげんじゃなあ、萩丸は」

はや乃が萩丸を両手に抱えたまま顔を上げると、叔父の右京が相好《そうごう》を崩しながらやってくるところであった。

はや乃の父実秋《さねあき》には、二人の弟がいる。一人は実弟の勝三郎《しょうざぶろう》で、実秋が当主となる以前から武力を伴う仕事を一手にひきうけてきた。今も実秋が遠近谷に腰を据え、勝三郎が大名家に出仕するという形で、内外から遠近家を支えている。そして勝三郎の下にいる異腹弟が右京で、彼は若い頃に出奔《しゅっぽん》したきり十年近くもの間、行方知れずになっていたという過去を持つが、谷に戻ってからは齢の離れた長兄の右腕として、陰に陽にたちはたらくようになっていた。

右京が出奔したのははや乃がわずか四つのときであるから、はや乃の記憶にはほとんど残っていなかった。にもかかわらず、右京が谷にたち戻ると、はや乃ははじめて見るも同然のこの叔父となぜかすぐに打ち解けた。親類縁者の中でもっとも齢が近いせいもあったろうが、一目見た瞬間からはや乃には右京が他人とは思えなかったのである。常にそばにいて、ともに笑い合ってきたような自然な雰囲気を右京は感じさせた。だからはや乃は叔父が谷を捨てた理由も舞い戻った理由も、しいて聞こうとはしなかった。わずかに分かることといえば、叔父がその間槍一本でいくさ場をわたり歩いていたことくらいで、実際もろ肌脱ぎになった叔父の身体は、大小の傷であますところなく被われている。それで雨やら寒さやらなにかの拍子に古傷が痛むことがあるのか、叔父はときおり左足をひきずるようなしぐさを見せることがあったが、今もまさにそんな風にひょこひょこと こちらへ歩いてきていた。

「だが、クロにはおおいに迷惑じゃのう」

目の前に寝そべる黒毛の老犬の頭をペタペタと叩いたり、耳をつまんだりしては舌足らずなうなり声をあげていた萩丸は、のそりと現れた右京の巨体に驚きもせず、かえって嬉しげに腕を振りまわした。

「萩丸は叔父さまが大好きなのですね」

「わしも萩丸のことが好きだがな」

右京がニコリと目を見ひらいてのぞきこむと、萩丸が「うけけ」と奇妙な声をたてた。

「ほ、笑っとるわ」

「おかしな子ですこと」

「なにを言っておる、はや乃の幼い頃にそっくりだぞ。おまえもこんな珍妙な笑い方をしておった」

「いやですわ」

「きっと母に似て、あきれるくらい元気な子に育つだろう。もうじき帰ってくる隼人どのも、はじめて見るわが子の息災ぶりに安堵するに違いない」

「ええ。そのときを一日千秋の思いで待っております」

「わしの方にも嬉しい便りが届いた。どうやら隼人どのと一緒に、甚助《じんすけ》も遠近谷に戻ってくるそうだ」

と右京が言うと、それまで何をされても置物のようにじっと動かなかったクロが、不意に首をもたげて右京の顔を仰ぎ見た。右京はそんなクロの背中をなでてやりながら、

「おまえももう、ずいぶんな婆さまだからな。生きているうちにご主人さまと再会できてよかったのう」

甚助は右京の幼なじみで、クロことクロガネの本来の飼い主である。猟師の家の末っ子に生まれた甚助はこどもの時分から鉄炮に慣れしたしみ、現在では勝三郎の指揮下、岐阜城主池田侍従《じじゅう》家の鉄炮組で狙撃役を務めている。

「よもや甚助の顔を忘れたとは言うまいの。いくらよいよいでも、そんな恩知らずは許さんぞ」

クロはぼんやりと右京の方を見つめていたが、フンとひとつ鼻を鳴らすと、急にふりかえって萩丸の顔をぬめる舌でなめあげた。すると萩丸の表情が瞬時にしてこわばり、カッと見ひらかれた眼《まなこ》の端から、みるみる大粒の涙がこぼれだした。

「あら、驚いたねぇ。こわかったねぇ」

と、はや乃がわが子を胸に抱き寄せてあやそうとすると、

「はは、クロの仕返しじゃ。やられてばかりではおられんものなあ」

右京は萩丸の頭を熊のような掌でなでながら笑った。そしてやおら立ち上がると、

「ではまたな」

と言った。

「あ、叔父さま、お待ちください。ひとつお願いがあるのですが……」

「なんじゃ」

「中断していた棒術の稽古を、またはじめたいと思いまして」

「ふむ。しかしもう少し萩丸に手がかからなくなってからでもよいのではないか。泣き出す萩丸をいちいちあやしに行っていたら、稽古にならんぞ」

「そのときはおせきに見ていてもらいます。ずっと家に籠りがちだったせいか、身体を動かしたくてうずうずしているのです」

それはおかよを打ちすえてやりたくて気がはやっているからなのだが、はや乃もさすがに正直に言うつもりはない。

「親の身となったことでもあるし、もそっとおなご向きのものを覚えたらどうじゃ。それなら教わる相手はいくらでもおろう」

「刃のついたものは性に合いません。相手と言われましても、みな遠慮して本気で打ちこんできてはくれず、あれでは稽古になりません。情け容赦《ようしゃ》がないのは叔父さまくらいです」

と言ってはや乃は微笑んだ。

はや乃に棒術の手ほどきをしたのは右京である。当初はおなごに教えるようなものではないと渋って

いたのだが、はや乃の懇願《こんがん》に屈して教授をはじめると、年頃の娘であることなど意にも介さないしごきぶりであった。というのも、右京の棒術はあくまでも戦場でならい覚えた荒々しく実戦的なものだから で、教えるのを憚《はばか》った理由もそこにあった。だが、生来負けず嫌いのはや乃はそれに必死で喰らいついていき、五年ほどで郎党たちにもまず遅れをとることはないまでに腕を上げていた。

「まあ、そこまで言うのならかまわんが、今はちと無理だ。これから左馬介《さまのすけ》のところに行かねばならんのでな。あいつにも甚助が帰ることを教えてやらんと」

「そうですか……」

と言いながら、はや乃の胸は高鳴った。

左馬介も右京の幼なじみで、甚助以上の竹馬の友である。二人の往き来は日常的なことで、いつもなら笑顔で送り出してやるはや乃であるが、今日ばかりはわだかまりを感じずにいられなかった。なぜなら左馬介は権六谷戸の村長《むらおさ》であり、そこにはあのおかよが住んでいるからである。左馬介が三十代半ばという異例の若さで村長を務めているのは、権六谷戸自体が近年になって拓かれた集落だからで、住民も近隣から移り住んできた若者層が大半を占めていた。

しょっちゅう権六谷戸に足を向けている叔父は、当然、おかよのこともよく見知っているはずで、そう思うとはや乃は誰よりも親しみをおぼえている叔父までもが敵側に回ってしまったような気がしてさびしかった。

「それからはや乃、兄上がお呼びだったぞ。遅くならんうちに居室を訪ねるといい」

「何の御用でしょうか?」

「さあ。おかよさんのことではないと思うが」

「……」

「なんだ、そんなこわい目で見るな。今さら知られて困ることではないのだろう」

「それはそうですが」

「母上が大変なはりきりようだぞ。何をするのかと聞いたら、男には関係ないことだとにべもなかったが、あれでは隠したことにならん。さっそく人数を集めると言って出て行かれた」

「そちらはおばあさまにお任せしたのです。わたしも遠近家の女ですから。しめしをつけるべきときはきっちりとつけさせてもらおうと思いまして」

「丸くおさめる気はないのか？」

「あちらが手をひけば丸くおさまります」

「そうか、ああなったのにもそれなりに理由があるのだが、今は言うだけ無駄だな。まあ、一つだけ差し出口を許してもらうなら、どうして誰もおまえに告げ口しなかったのか、その問いだけは忘れずにいるといい」

萩丸は遠ざかる右京の大きな背中に手をのばそうとしていたが、やがて諦めると、代わりにはや乃のやわらかな胸をもみじのような手で叩きはじめた。はや乃のその胸に、叔父の最後のことばがつかえて消えなかった。

六

尾張、三河、美濃の三国境に源を発する桜川は、谷底をのたうつように南に向かって流れ、やがて矢作川に合流する。名前の由来については、その分岐する様が桜の枝ぶりのようであるからとも、山間をさくる（溝をうがつ）ように流れているからとも言われるが、定かではない。

本流の桜川にそそぐ渓流の一つひとつもまた谷筋を形づくり、比較的ひらけたいくつかの谷に、人々は集落をむすんで暮らしていた。そのような、桜川流域に点在する大小の谷々を総称して遠近谷《とおちか》という。

平地に乏しいこの地では、住民の多くが猟師や鋳物師《いもじ》、杣工《そまく》といった山や谷とともにある生活を営んでいるが、まったく別の一面も持ちあわせていた。男たちは時に彼方の戦場まで赴き、傭兵としての実力をいかんなく発揮した。兵農未分離が当たり前のこの時代では、決してめずらしいことではない。そんな中で彼ら遠近衆が小勢ながらも恐れられたのは、ほとんどすべての兵士が鉄炮の扱いに熟練していたからである。

天文十二（一五四三）年、種子島に伝来したとされる鉄炮は、十年を経ずして諸国の鍛冶職人たちの手で作り出されるようになったが、それでも急激に伸びる需要に生産が追いついていかなかった。いずこの大名家でも鉄炮の不足は慢性的で、家臣に軍役として課したり、さらには鉄炮を所持する土豪や猟師にまで扶持を与えて、一挺二挺とかき集めるようにしてようやく鉄炮衆を編成していたのである。

ところが自前で鉄炮を大量生産し、大名たちをはるかにしのぐ規模の鉄炮傭兵集団も存在した。それが紀州の根来寺衆《ねごろじ》と雑賀衆《さいか》で、特に雑賀衆はいわゆる石山合戦で本願寺城兵の主力となり、攻め手の織田軍を散々に悩ませつづけたことで知られる（正確には雑賀五組のうち雑賀荘《さいかのしょう》と十ヶ郷《じっ》のみが反信長派で、残りの三ヶ郷は信長派に分裂した）。雑賀衆が本願寺に与《くみ》したのは、雑賀の地が鷺ノ森御坊《ごぼう》を中心とする浄土真宗本願寺派の教線地帯だったためである。

真宗の教えは主に非農業民の間で広まったと考えられているが、雑賀衆も本来は紀ノ川河口域に住む海の民である。そして山の民、川の民である遠近谷の住民の過半もまた一向宗門徒であった。遠近衆は信仰を同じくする同朋《どうぼう》として雑賀衆から鉄炮を譲り受け、山中の鳥獣を相手に技量を磨いてきたのである。

元来、独立不羈《ふき》の気風の強い遠近衆が、周辺土豪との合従連衡《がっしょうれんこう》で戦国乱世を生き抜いてこられたのは、敵に回すと厄介で味方にすれば頼もしいと思われるだけの実力を保っていたからである。しかし、ここ数年ですっかり事情が変わってしまった。猫の額ほどの土地を必死になって争う時代は終わり、にわかに天下人の時代がやってきたのである。

そのときどきにもっとも強勢な近隣大名と結んできた遠近衆も、織田信長が台頭してからは一貫して織田家の傘下に加わりつづけた。信長が配下の謀叛《むほん》に倒れたあとはしばらく日和見の態度をとったものの、やがて後継者争いの最終段階で羽柴秀吉と信長の次男信雄《のぶかつ》を担いだ徳川家康との間でいくさが起こると、遠近衆は領土を接する秀吉方の大名池田恒興《つねおき》の軍旅に加わった。ところが大勢《たいせい》で圧倒的優位に立つ羽柴方も、長久手の戦いでは完膚《かんぷ》無きまでの惨敗を喫してしまう。結果的には政治的決着で徳川を屈伏させたものの、このいくさで池田恒興は討死し、遠近衆も相当な被害を出すこととなった。そんな苦労を分かち合ったからというわけでもなかろうが、恒興の跡をついだ照政の代になっても両者の関係は継続し、遠近衆は自然と池田家の与力化していった。そうして、もはや形ばかりとなっていた遠近衆の独立の火が完全に消えたのは、池田家に雑賀攻めの命令が下ったときのことである。

雑賀も遠近谷と同じく自治の意識が強いところで、周辺の地域とも信仰の差異を乗り越えた広域連合を形成していた。それを支えていたのが遠近家も見習った鉄炮による強力な武装だったわけだが、雑賀衆の場合は権力にまつろわない気概が命とりになった。天下人にのぼりつめた秀吉の許には諸国の富が集中し、もはや少しばかりの鉄炮衆を手なずける必要などなくなっていたのである。秀吉は先だってのいくさで徳川と結んでおのれに背いたことを理由に、十万の軍勢を率いて雑賀に攻め入った。

遠近衆は、やむなく同朋《どうほう》に銃口を向けた。悲運を嘆いている暇はなかった。従軍した遠近衆は、弾幕の下で涙をこらえながら、鉄炮や弾薬の供給源を自ら絶った。

遠近衆に残された道は、このまま権力とともに生きるか、それとも武器を捨てて谷とともに生きるかのどちらかであった。遠近衆のおよそ半数は池田家の家臣となり、残りの半数は本業にたち返った。このののち、秀吉が推し進めていく兵農分離のさきがけが、遠近谷を襲っていた。

はや乃と隼人が背負っていくのは、そういう時代の遠近谷である。

七

萩丸が寝つくのを待ってはや乃が顔を出すと、一人でいるかと思っていた父は、母と向かいあって座っていた。二人はそれぞれ手許に書状をひろげ、真剣な表情で見入っていた。遠近家には奥と表との厳密な区別はなく、おなごが表向きのことに口を出すな、などと言われることもない。それは一朝ことあらば、谷を守るのに男も女もないからで、女たちが武芸に励んでいるのもそのためであった。

「来たか」

と父が顔を上げて言った。

ほっそりした面立ちに落ちついた物腰で、オヤカタさまとしての人々の信頼の厚い父である。しかし矮躯《わいく》な上に腕も立たないところなどは、右京という屈強な叔父を見慣れている分、はや乃の目には少々迫力不足で頼りなく映らないでもない。

母の静音《しずね》も書状から目を離すと、はや乃にほほえんでみせた。瘦《や》せぎすで気が強く、口の悪い祖母に対し、母は全体にふくよかで、何ごとにも鷹揚《おうよう》でもの静かである。ほとんど正反対と言ってもいい嫁姑であるが、はや乃は二人が喧嘩している姿を一度として見たことがなかった。おそらく祖母が言っていることの半ばは母が適当に聞き流しているからで、案外いい組み合わせなのかもしれない。

「何をご覧になっているのです？」

「うむ」と言いながら、父は手にしていた書状をはや乃の前に差し出した。

はや乃が覗きこむと、そこには見覚えのある力強い筆遣いの文字がおどっていた。

「勝三郎さまですね」

「そうだ。昨日届いたものを、以前のものとあわせて読んでおったところだ」

「何か気になることでも？」

「遠近衆の行く末だ」

「それは大変な問題です」

「笑いごとではなく、本気で言っておる」

「急にどうされたのですか。特に変わったこともないはずですが……」

「来年には家督を隼人に譲る。今後の遠近衆を導いてゆくのは隼人であり、おまえにはそれを絶えず支えていく役目がある。わかっているな？」

「もちろんです」

「おまえがわしのやり方に不満を持っていたのは承知している。せっかくの出世の機会だというのに、みすみす内にこもって見のがすようなまねが気に入らないのだろう」

「とんでもございません」

とは言ったものの、はや乃が父の方針を消極的に感じていたのは事実である。池田家への出仕を決めたときに遠近衆を半分に割ったのは、あまりに中途半端な対応のように思えた。遠近谷は農耕に適する土地が少なく、狩猟や炭焼きだけで充分な糧《かて》を得ることもむずかしい。だからこそ先祖累代いくさ稼ぎを生業《なりわい》としてきたのであって、それを放棄してしまえば、生きていくことすら困難になりかねなかった。

かつてのように興亡常ない状況であれば、特定の勢力とむすぶ危険性も理解できる。だが、もはや天下の大勢は決している。豊家の大名に仕えるということは勝ち馬に乗るにひとしく、もっとも安全な選択肢のはずである。しかも東国にはまだ北条や伊達といった豊家にまつろわぬ大名が残っており、近いうちに着手するであろう平定戦で戦功をあげれば、恩賞を賜ることも領地をひろげることも、決して望めないことではなかった。

「新しい時代は新しい者が担っていけばよい。大名に仕えるということがどういうことか、隼人は勝三郎からとくと聞かされたであろうし、隼人自身が都で身を以て感じたこともふまえて判断することじゃ」

「はい」

「おまえにもおまえの考えがあって構わん。隼人が帰る前にあらためて思いをめぐらせておくのもよかろう。そう思ったときにな、わしはおまえに話しておかねばならないことがあるのに気がついた。今度のことがなければ忘れておったかも知れん」

「今度のことといいますと？」

「言わんでもわかるだろう」

「…………」

「わしも一度だけ、うわなり打ちというのを見たことがある。わしがまだこども時分のことで、仕掛けたのはおまえもよく知っている人だ」

「おばあさまでしょう」

「む、本人に聞いたか。では相手が誰かも話していたか？」

「いいえ、それはおっしゃいませんでした」

「右京の母御、お福どのだ」

「あっ……」

いくら祖母が名前を明かさなかったからといって、それに思いあたらなかったおのれの不明をはや乃は悔いた。

「母上はお福どのの腹が丸々とふくらむ前から気づいていたようじゃが、さすがに右京を産むまでは手を出さなかった。お福どのの方も、勘づかれていることは承知の上で、母上がやってくるのを待ち受けておったそうだ。母上は身体は小さいがあの気性、お福どのは右京の母御だけあって、石臼を重ねたような女丈夫な上に肝も太い。否が応にも勝負は派手になる」

お福は右京が年端《としは》もいかないうちに亡くなっており、無論、はや乃はその顔かたちを知らない。試みにおなごの恰好をした右京を想像してみると、鏡に向かって鉄漿《かね》をつけている叔父の姿が浮かんできて、はや乃は思わず笑いをかみ殺した。

「わしは村の悪タレどもと一緒に、こっそり見に行った。双方についた大勢のおなご衆は、それぞれ鉢巻に襷《たすき》がけというものものしい恰好で、手に手にすりこぎやら馬の鞭やらを携えておった。そうしておなごどうし髪ふり乱して取っ組み合う姿のすさまじいこと。なんせ遠近の女はみなそれなりに腕っぷしがたつからな。覗き見ていたわしらも、母や姉の本性を目の当たりにして怖気をふるったわ」

と言いながら父が肩をすぼめるしぐさをすると、母が「ふふ」と声を出して笑った。

「だが、それだけ盛大にやりあっても意外なほど禍根は残らなかった。互いに竹を割ったような心根のせいか、やるだけやってすっきりしたのだろうな。むしろ居心地の悪い思いをしていたのは、父上だったかもしれん。母上とお福どのは、決して親密にはならなかったが、憎みあうこともなかった。お福どのが流行病《はやりやまい》で亡くなると、母上は右京をひきとってわが子と同じように育てられた。おまえの場合はどうなるかの？」

「さあ、やってみなければわかりませぬ」

とはや乃はうそぶいたが、父の話は祖母に聞かされていたのとはだいぶ様子が異なるようで、本当に祖母に任せっきりで溜飲《りゅういん》を下げられるのか心配になった。

「おまえの後見が母上なら、おかよの後ろ盾につくのは大賀《おおが》の志のぶどのだろう？」

「でございましょう」

「場合によっては遠近と大賀の家どうし、ひいては門徒とそうでない者との争いという図式になるな」

「…………」

志のぶは燕沢《つばめざわ》の大賀家に嫁した祖母の妹で、その末子がおかよである。姉妹の仲が悪いわけではないが、双方が孫と娘の味方をすれば自然と姉対妹、遠近家対大賀家という様相を呈することになる。

また、大賀家は鷹室《たかむろ》の杉下家とならんで、遠近谷の一向宗門徒をとりまとめる道場役を務める家である。そして住民の過半が門徒であることはすでに述べた通りだが、遠近家だけは例外であった。乱世を生き抜くための先人の知恵なのか、遠近家はあくまでも政《まつりごと》に専念するという暗黙の了解があり、一向宗とは一線を画してきた。三家は互いに婚姻をくりかえしながらも、信仰と政という役割分担をけっして崩すことがなかった。したがっていささかこじつけめいてはいるが、父の言うような事態もあり得ないことではない。

「もちろん、本気でそうなることを心配しているわけではない。たかが痴話喧嘩だ。ただな、わしには十五年ほど前の騒動が思い出された。おまえに話しておくべきと思ったのは、信仰をめぐって谷を二分するような事態に陥ったあのときのことだ」

十五年前と言えば、はや乃はわずか三歳である。大事があったことだけはどこかで耳にして知っているが、自身の記憶はまるで残っていない。

父は咳ばらいをひとつすると、遠くを見つめるような目で話しはじめた。

「あれはまだ信玄公が健在で、武田が大軍を率いて西上の途につこうとしたときのことじゃ。このあたりはちょうど織田と武田の勢力境で、身のふり方を誤れば遠近衆そのものが滅びかねなかった。わしらはそれまで織田方についていたが、武田が大坂の本願寺と結んでいたことが、事態を厄介にした。遠近谷の門徒の間では、信長公は嫌いでもとりあえず従うしかないという現実的な意見が大勢を占めていたが、内心ではみな、武田につきたいと思っておった。わしはわしで、信仰を抜きにしてもいずれが優勢か判断を下しかねていた。そうして織田と武田の全面衝突が迫る中、落としどころを探して奔走しておったのが、右京だ」

「でも争いは起こってしまった……」

「そうだ。誰に悪意があったわけでもない。それぞれおのれが正しいと思う選択をした結果だ。だが、一瞬で争いそのものがぶちこわしになった」

「なぜです」

「右京だ。あいつがご破算にしおった。そしてそのまま姿をくらました。十年近くもな」

「一体なにをしたのです？」

「せっかくだ。しばし我慢して聞いておれ。右京のこと、門徒のこと、大賀や杉下の家のこと、それにおかよのこと。話すことはいくらでもある。ことの起こりは本願寺の発した檄《げき》が届いたことじゃ……」

父の話は、ときおり母の補足を受けながら半刻あまりもつづいた。

話を聞き終えたとき、はや乃は叔父が常に身近にいたような気がしたわけを理解した。叔父は去り際に人々の心の小さな傷として、おのれの痕跡をしっかりと残していったのである。遠近衆がいくさばたらきから手を引くようになったのも、隼人がおかよと深間になったのも、すべてはそこからはじまっていた。

著者（うわなり打ちとはなんぞや）

ここでうわなり打ちについて少々。

現代において夫が妻を捨てて愛人の許へ走ったりした場合には、当然妻は離婚を請求でき、その結果、相応の慰謝料を手にすることもできる。もちろん金ですべてが購《あがな》われるわけではないが、無一文で追い出されるよりはるかにましなのは考えるまでもない。

だが、なにごとも自力救済が原則の中世社会では、男と女の関係さえも実力次第の色合いが濃い。強い者は相手を捨てても生きていけるし、弱い者は多少のことに目をつぶってでも相手に頼らざるを得ないのである。

というと一見、わがまま夫にとって都合のいい世の中のように思われるが、必ずしもそうとは限らない。そもそも中世の女性は自分で仕事や財産を持っている場合が多いし、人間どうしのつながりがしっかりしている分、味方の力がものをいった。特に当時は嫁いだあとも実家との関係が強固に残ったため、頼りになる親族のいる女性はおのずと立場も強くなった。

したがって、夫や恋人に捨てられた女が、夜ごと枕を涙で濡らすというような話は多々あるものの、そうそうやられっぱなしのおとなしい女ばかりであるはずがない。起こるべくして起こる、捨てられた女による報復、それがうわなり打ちである。

離縁された前妻《こなみ》が後釜にすわった後妻《うわなり》を打つからうわなり打ちというわけだが、広い意味では本妻が密通相手を打つ場合も、二股をかけられた女がもう一人の女を打つ場合も定義の内にあてはまる。

うわなり打ちの史料上の初見は平安時代中期の寛弘七（一〇一〇）年で、このときは祭主（神官長）大中臣輔親《おおなかとみのすけちか》が鴨院《かものいん》に住む源兼業《みなもとのかねなり》の未亡人に懸想《けそう》して連日泊まり暮らしていたところ、嫉妬に胸を焦がした蔵命婦《くらのみょうぶ》という女性が、自分が乳母として育てた権中将藤原教通《ごんのちゅうじょうふじわらののりみち》の随身《ずいじん》と下女三十人ほどを借り出して鴨院に乱入させ、未亡人の部屋の中の財物その他を破壊した。ところが輔親という男が懲りない性分なのか、それとも蔵命婦が人一倍やきもち焼きなのか、その二年後にも、今度は輔親自身の家がやはり蔵命婦の遣わした雑人らに荒らされている。

また、有名なところでは源頼朝と北条政子夫妻の例がある。頼朝は妻の妊娠中にひそかに妾《めかけ》を囲って家臣の家に預けていたが、出産後に事が露見し、怒り心頭の政子は継母の父である牧宗親に命じて密通に荷担した家臣の家を破却させた。すると恥をかかされた態の頼朝は逆に宗親を呼び出して責め苛《さいな》んだあげく、髻《もとどり》を切って事実上の追放処分としてしまった。これがさらに政子の神経を逆なでする結果となり、ついには頼朝も妻の激昂《げっこう》を抑えるために、妾を匿《かくま》ってくれていた家臣を遠江《とおとうみ》に左遷しなければならなくなったのである。犬も喰わない夫婦喧嘩のとばっちりを受けた両人はたまったものではない。

どちらの例も親類縁者や家臣、下女など周りの者を大勢まきこむ騒動になっているが、それには貴族や武家社会の出来事という特殊事情もある。思い通りに指図できる郎党や下女のいない庶民の場合は、「あやしの下衆《げす》ども、うはなりうちとかやして、髪かなぐり、取りくみなどするは、ことはりにぞ侍るべし」というように、自力救済の様相をいっそうむき出しにしていたことであろう。

一言に実力と言っても、個人の腕力から親族団の資力までさまざまな要素があるわけで、うわなり打ちの形態も決して一様ではない。しかし浮気心も嫉妬心も貴賤の上下を選ぶものではなく、形は違えどそうした習俗自体は中世社会に普遍的なものと考えられるわけである。財物や家屋の破却、あるいは取っ組み合いの喧嘩等は現代の価値基準からすれば野蛮な行為かも知れないが、それで前妻の溜飲《りゅういん》が下がって刃物沙汰にならずに済むのなら、結構なことと言えなくもない。

祖母の由乃がはや乃にやらせようとしているうわなり打ちがいかなるものかは、いずれ後段にて。

若者たち（右京、昔の傷に触れる）

一

「月命日か」

無銘の丸石に一輪の桔梗《ききょう》をたむける右京に、左馬介《さまのすけ》が言った。

権六谷戸《ごんろくやと》をすっかり見晴らせる斜面最上段の麦畠のそば、木陰の下草に隠れるようにひっそりとその石はたたずんでいる。花が添えられていなければ誰の墓とも気づかれないような飾り気のない石で、五年前に右京が遠近谷に戻ってきて最初にしたことが、ここに石を置くことだった。

「ああ、あまり関係ないがな。命日だからといって、特別なことは何もない。経も読まぬし、坊主もおらん。この花とてなんとなく供えているにすぎん」

「お前を遠近谷に帰してくれた女《ひと》だ。俺も足を向けては寝られんな」

「いらんいらん。お前などに感謝されては、お倫さんもあの世で迷惑だ」

左馬介は石に向かって手を合わせ、

「お倫さん、右京はこんなことを言っていますが、内心では喜んでいるのですよ」

「勝手なことを言う奴だ。どうせなら口だけでなく、もそっといいものを供えろ」

「なあに、見てみろ。権六谷戸もようやく田畠の地味が落ち着いてきた。今年は米の穂並みが上々だ。来年は田を西側にもう一面増やすことができるだろう。ここから望める谷の光景こそ、俺の最上の供物《くもつ》だ」

二人の眼下には小さな段々畠がつらなり、その先に遠近谷ではほとんど見ることのできないきれいに区画された二枚の谷戸田《やとだ》があった。順調に育った稲穂は昼下がりの陽光の下、黄金《こがね》色にかがやきながら静かに波打っており、すでに試し刈りを終えた南側の一画では、畦《あぜ》のすぐそばに組まれた短い稲架《はさ》に、稲束がびっしりとかけられている。その周りでおこぼれにあずかろうとやってくるすずめを、左馬介の三人のこどもたちが遊び仲間とともに声をあげ、枝をふるって追い払っていた。

手前に目をやると、段々畠のところどころに夫婦や親子らしき人々の姿があった。ある者は摘み取った青物をざるの上にならべ、またある者は丸々とした大根をひき抜いて、かるく泥をはたいている。

「まあ、悪くないな」

と右京が石の脇に手をついて座りこむと、左馬介もそのすぐ隣に並んで腰を下ろしながらぼやいた。

「簡単に言いおって。ここまでこぎつけるのにどれだけ苦労したと思っておるのだ」

遠近谷を去って以来、右京はほとんど陣場《じんば》借り（臨時のいくさばたらき）のみで生計を立ててきた。朝夕《ちょうせき》いくさに明け暮れる大名たちは、常に腕の立つ捨て駒を求めていたため、宮仕えせずともはたらき口に困ることなどなかったのである。そして槍先ひとつで立身出世を目論《もくろ》む男たちの群れにまじって、右京はただおのれ一人の明日の糧を得るために血煙の中を疾駆し、咆哮《ほうこう》をあげ、敵を突き殺した。

そんな生活を十年近くもつづけることができたのは、いくさが決して他では味わうことのできない昂《こう》揚《よう》感を与えてくれる場だったからだろう。熱が冷めたあとにはすさまじい倦労《けんろう》感に襲われ、そのたびにもう足を洗おうと思うのだが、今さら地味でまっとうな商人や職人になれるはずもなく、しばらくして暮らしに窮すると結局、いくさ場がなつかしくなってしまうのであった。

たまたま、お倫と出逢わなければ、いつまでたっても修羅《しゅら》の泥沼から抜け出すことなどできなかったであろうし、そうなれば当然、生きて遠近谷の土を踏むこともなかったのである。

「おれがお倫さんと逢ったのも、ちょうど今くらいの季節だった。前年につづく凶作で稲の穂並みは揃わず、蓄えもろくにありはしなかった。たらふく食べるだけの収穫があれば、お倫さんももう少し長生きできたかもしれん」

「大切なのはたらふく喰うよりも最低限の喰い分を損なわないようにすることだ。権六谷戸はまだ若い村だが、さいわいこれまでに飢えて死んだ者は一人もおらんし、今後も出すつもりはない。青二才でもそれくらいの矜持《きょうじ》は持っていてよかろう」

権六谷戸の開拓がはじまったのは、ほんの七年前のことである。そのために集まった住民は遠近谷の各地から移り住んできた者たちで、彼らの多くは口減らしの対象となる二、三男やそれ以下の子弟、あるいは生計《たつき》もままならない後家、隠居などで、つまりは何も持たない者たちが、文字通り何もない状態から集落を築き上げたのである。当初の様子を右京は知らないが、その道のりが平坦であったはずがなかった。

「……甚助《じんすけ》が帰ってくるそうだ」

と右京は左馬介に話しかけるともなく言った。

「ほう、ずいぶんひさしぶりだな。さしものあいつもいくさに次ぐいくさで相当こたえておるだろう。たまには母御の顔でも拝んで骨休めをしてこいという勝三郎さまの気遣いか」

「いや、あいつは兄上の使いとして来るだけで、長居はせんだろう。関白殿が間もなく京の新邸に入るので、それまでには京に戻らんといかんらしい」

「せわしないことだ」

「まあ、昔からいるのかいないのか分からんような奴だったからな。一箇所に腰を据えるのはかえってあいつらしくない」

遠近衆が仕える岐阜城主の池田照政は、かつて織田家中で秀吉の朋輩《ほうばい》だった池田恒興の次男である。いわゆる小牧・長久手の戦いで父と兄を失い、家督を継いでからは豊家の大名として、雑賀《さいか》攻め、越中の佐々《さっさ》成政攻め、そして先頃の九州攻めと、休む間もなく転戦をつづけていた。甚助も遠近衆の一員としてその多くに従軍しており、たとえ遠近谷からほど近い岐阜にいるときでも滅多に帰郷することはなかった。帰ってくれば二年ぶりくらいになる。

「おれたちよりも、クロが喜ぶだろうな」

「ああ、名前を聞いただけでそわそわしておった。まだ飼い主に飛びつくくらいの元気はあるだろう」

「はは、そうか。それで勝三郎さまは何と」

「詳しいことは甚助に聞けということだが、まだまだ大きないくさがつづきそうだ。関白殿が京の新邸に入るはこびになったのは九州攻めをつつがなく終えたからだが、当然次にかかるのは東国だ。さすがに今年はもう兵を動かすまいが、いずれ遠征を企てるのは間違いない。来年か、遅くとも再来年には本格的に動くと見ていい」

「遠近衆も、だな?」

「無論だ。侍従《じじゅう》(池田照政)さまに関東攻略の内々の沙汰があったそうだから、遠近衆も駆り出されるに決まっている。徳川殿への密偵も、これまで以上に厳しくなろう」

池田家と徳川家は領地を接する上に、照政にとって家康は父兄を討った仇敵《きゅうてき》である。常日頃から両家は水面下で細作を飛ばしあっており、間にはさまれた遠近谷にも、時折、不審な人影が出入りするのが目撃されている。まして今後、北条攻めとなれば、家康の動向からは逐一目を離すことができなくなる。というのも、北条家の当主氏直《うじなお》は家康の娘婿だからで、ほんの二年前に秀吉の大軍勢をいいように翻弄《ほんろう》した強敵徳川と、関東の覇者である北条が手を結べば、天下をゆるがすほどの障碍《しょうがい》になりかねなかった。

「宮仕えをすれば戦場をひきまわされ、土地に帰ればあいつぐ夫役。こんなことがいつまでつづくのだろうな」

「さあな。だが、東国を平らげた暁には、本気で唐入りするつもりらしい」

「馬鹿な」

「みなそう思っておったが、どうやら単なる戯《ざ》れ言《ごと》と甘く見てはおれんようだ。すでに九州という足がかりを得たからには、いずれ大挙して海を渡る羽目になるともっぱらの噂だ」

右京は以前、いくさ場を求めて九州にまで足を運んだことがある。そのときに見た玄界灘の途方もない広さ、荒々しさは、堺の港や瀬戸の海とは比べものにならないほどであった。船の知識などかけらもない自分が判断できることではないのかも知れないが、あの茫々《ぼうぼう》たる大海を越えて異国に攻め入るなどということができるとは、とうてい思えなかった。蒙古《もうこ》の蹉跌《さてつ》を引き合いに出すまでもない。

二人の口から揃ってため息がもれた。

右京はそんな重い空気をふり払うように、ふいに話題を変えた。

「ところで、おかよさんの暮らしぶりはどうだ？」

今は柴刈りにでも出ているのか、おかよの茅屋《ぼうおく》の周りに人影は見られなかった。

「悪くはないはずだ。自前の畠はわずかだが、ここではみながとれたものを分け合っている。それに……」

「隼人どのか？」

「そうだ。あちらからも、女ひとりの糊口《ここう》をしのげる程度の援《たす》けは出ている。だが、おかよさんは余った分を人にやってしまっている。隼人どのもそれは承知のようだ」

「妾扱いはされたくないということか。ところで、どこまで知られているのだ？」

「隼人どのが通っているのは周知のことだ。それをわざわざ注進におよぶような忠義者がいないだけでな」

「はや乃がようやく気づいた」

「らしいな。ここへねじ込みにきたところを、おかよさんが返り討ちにしたそうだ。で、どうなる？」

「なぜか母上の方が身を乗り出していて、うわなり打ちとやらをさせると言っておる」

「なんだそれは？」

「早い話が女の出入りだな。仲間を引きつれて仕返しに出向くわけだ」

「あいかわらずお元気な人だ」

「笑いごとで済めばいいがな。おかよさんは今でも実家とつながりがあるのか？」

「ここの者はみんなそうだが、あまり行き来はしていないはずだ。おまえは何を心配しておる？」

「心配というほどではないが、門徒とのことは一応気にかかる」

「ふむ。確かにおかよさんの実家は、おれの家と同じく代々門徒をたばねる家柄だし、本人も信仰を持っておる。しかし、だからといって大賀と遠近の家どうしの揉め事になると考えるのは、少々気を回しすぎなのではないか」

通常、親の信仰は子に受け継がれることが多い。殊に大多数が在家信者である真宗教団においては、家族全員が同一の信心を得ることを理想とする空気が強かった。

そして遠近谷の門徒をたばねる大賀と杉下の両家は、道場役を預かる家柄である。道場役は住職のいない村で葬式や勤行《ごんぎょう》などの代行という大役を担う存在で、遠近谷では大賀、杉下両家の惣領が世襲する慣行であった。だが中には例外もいて、左馬介がその一人であった。

左馬介は本来、杉下の家の惣領息子であるにもかかわらず、いつしか信仰から離れ、家からも離れた。右京が遠近谷に戻ったときには、遠近家の下女だったひさと夫婦《めおと》になり、三人の子をもうけ、権六谷戸の村長《むらおさ》となっていた。杉下の家は左馬介の弟が継いだ。

「杞憂《きゆう》にすぎんのなら、それに越したことはない。だが、おれがいない間に、きちんとあのときの精算を済ませたことがあったのか」

「いや……。ただ不問に付したようなものだな。あれ以来、門徒とそうでない者との争いは一度もない。わざわざ蒸し返す必要などなかったのだ」

「はじめは小さな亀裂でも、放っておけばやがては致命傷になりかねない。たかが痴話喧嘩でもあのときの傷が開かないとも限らんし、今度、傷が生じれば、将来に禍根を残すかもしれない」

「おかよさんの後ろ盾に大賀の家がつくというのか？」

「そうだ。うちの母上と大賀の志のぶどのは姉妹だろう。その孫と娘の諍《いさか》いだが、どうも当人たちをさしおいて、あの姉妹が双方に分かれて騒ぎを大きくしようとしているような節がある」

「なぜそんなことをする。他人《ひと》事だと思って、面白がっておるのか？」

「さあな。母上はそんな雰囲気だが、まあ、大賀の志のぶどのにも確かめたほうがいいだろう」

「おかよさんは困っておったぞ。はや乃さまを投げ飛ばすなど、大変なことをしてしまったとな」

「はや乃は内面夜叉だ。しれっとしておったが、見れば分かる」

「お前は騒ぎを抑えようとは思わんのか？」

「今のところはな。迂闊《うかつ》に痴話喧嘩に割って入ると、とんだとばっちりを食いかねん。いらざる心配と分かれば、やりたいようにやらせるさ。そう言うお前こそどうなのだ。ここのおなご衆も巻き込まれるかもしれんぞ」

「ちょいと見たい気もするな、どうせなら」

左馬介が、足許の草をむしって放り投げた。見れば口の端には笑みを含んでいる。

それを合図に二人がどちらからともなく立ち上がり、軽く尻についた土をはたいた。

「まずは大賀の所に行くか」

「今度ははや乃さまが出奔なんてことにならないようにな」

「なるか。あの世間知らずが」

右京が遠近谷から姿を消したのは、今から十四年前、元亀四（一五七三）年の春のことである。谷を二分する直接の契機となったのは、前年秋から開始された、武田軍の西上作戦であった。

二

「いよいよ武田が動きはじめたようだ」

右京と左馬介がうち揃って出頭すると、実秋《さねあき》は開口一番にそう言った。

兄と向かいあって着座していた勝三郎《しょうざぶろう》が、二人に座るよう目顔で促した。

腰を下ろしていると分かりにくいが、実秋と勝三郎はともに背丈が大きくない。それでも勝三郎はいくさ人らしく固太りした四肢をもち、見た目からは想像もできないような速さで戦場を疾駆する。実秋も衣服の下には案外鍛えられた肉体を隠しているのだが、勝三郎と比べると貧相に見えるのは否めない。

まして右京とは母が異なるとはいえ、一見してとても兄弟とは思えなかった。

右京が似ているのはむしろ左馬介の方であり、知らない者なら双子と見紛《みまご》うほどである。幼い頃から体格に恵まれた二人は武芸や水練からいたずらにいたるまで何かと張り合って育ち、左馬介が遠近館《とおちかやかた》に入りびたって家族同然の日々を送ることもしばしばであった。

やがて揃って見目よき偉丈夫に成長した二人は、ともに二十歳という若さながら、実秋から大事を打ち明けられる身であった。というのも、遠近衆の主力となる歴戦の男たちは、目の前にいる次兄の勝三郎に率いられ、谷の外ではたらくことが多かったからである。畢竟《ひっきょう》、谷の中では手持ちの駒で間に合わせる必要から、右京らが実秋の手足となって飛び回ることになる。

「九月の末には兵を起こすという話であったが、不都合があって若干ずれ込んだらしい。といっても、ほんの数日だ。今月の十日には遠江《とおとうみ》に入ったのを確認しておる」

「確かな情報でしょうな」

右京が念を押すと実秋は、

「今どきそんなものはない。どれも一応、眉につばをつけて聞いておけ。だが、これはほぼ間違いないな。裏づける話がいくつもある」

「武田は本気なのですか?」

「本隊だけでざっと三万」

武田家はこの頃、甲信駿の三国にくわえ、上野《こうずけ》、飛騨《ひだ》、越中《えっちゅう》、遠江、三河《みかわ》の一部にまで支配を広げていた。それでも領国の守備に残す兵を考えると、三万人という数を用意するためには、相当無理をしているはずである。

「……と吹聴《ふいちょう》しておるらしいが、実数はもう少し少ないかもしれん」

武田家は甲斐《かい》を本拠地とするため、周囲すべてが他勢力と接するという苦しい条件下にあった。一方に力を注げば背後が手薄になる。信玄が晩年に至るまで西上の兵を挙げられなかったのは、北の上杉、東の北条に背後を衝《つ》かれることを恐れたためである。

したがって信玄は成算の立たないうちはあくまでも慎重にふるまい、最大の敵となる織田家に対しても、最後まで良好な関係維持を装っていた。もちろんその裏で越前の朝倉、近江の浅井《あざい》、大坂の本願寺、叡山《えいざん》の衆徒らと連携して、着々と信長包囲網を敷くことも怠りない。また、北条とは改めて同盟を結び、上杉には本願寺支配下の加賀一向一揆を押さえにあてることで、後顧《こうこ》の憂《うれ》いをなくした。

そうして将軍足利義昭からひそかに信長追討の御内書《ごないしょ》を受けとり、いよいよ時宜《じぎ》を得たと見るや、それまで頭《こうべ》を低く接していた信長に対して掌を返すように敵意をむき出しにした。大軍をもって仏敵信長を討つことを、内外に喧伝《けんでん》しだしたのである。おかげでこの夏頃から世上はすっかりきな臭い空気に覆われ、行商人や馬子《まご》たちの間でも開戦時期がいつになるかという話題でもちきりであった。

遠近衆は目下のところ織田家に従っているが、地理的には両家に挟まれていると言っていい。ここ数年、武田は西上のための足場づくりとして粘り強く出兵をくりかえしてきたが、その結果、それまで徳川の勢力下にあった東遠江や奥三河の諸豪族が次々に切り崩されていった。いまや武田の前線は遠近谷のすぐ東にまで伸びてきており、迎え撃つ織田の動き次第では、まさに両者が火花を散らす最激戦区ともなりかねないのである。

「軍勢の大半は本隊とともに遠江に出たそうだ」

「当面は徳川が矢面に立つことになりますな」

「徳川の動かせる兵は、武田の半分もないはずだ。おまけに信長公も援軍を回す余裕はない。残念ながら、遅かれ早かれ遠江と三河は陥《おち》るじゃろう。徳川にはなんとか頑張って時を稼いでもらうしかないが、われらにとっての当面の問題は別手の方だ」

「また秋山ですか？」

右京の問いに、実秋は勝三郎を見やった。現場で遠近衆の指揮をとっているのは、この次兄の方である。勝三郎が兄の話を引き継いで言った。

「まだ定かではないが、そのようだ。五千の兵で岩村を攻めるという話がある」

「本腰を入れてきましたな」

遠近谷の目と鼻の先にある岩村城は、東濃における最大の拠点である。山の頂に築かれた天然の要害は、周辺に盤踞《ばんきょ》する遠山一族の主城となっており、国境線にほど近いことから信濃・三河へも睨《にら》みをきかせることができるという、戦略上、非常に大きな意味を持つ城であった。

以前から、飯田の秋山信友ひきいる武田軍がここを抜こうと、陰に陽にちょっかいを出しつづけていたが、そのつど東濃・奥三河の諸豪族が連合してこれを退けてきた。近隣の小勢力にとって、岩村の問題は決して対岸の火事ではなかったからである。

当然、織田家にとっても絶対に敵の手に渡すことのできない虎の子の城であり、信長は他に類を見ないほどの厚遇を与えた。まず信長は叔母のおつやの方を城主遠山内匠助《たくみのすけ》の室とし、さらに夫婦の間に子が生まれなかったことから、自身の五男である御坊丸を養子として与えた。その上、信長包囲網によって四方に敵をかかえ、一兵たりとも惜しい状況であるにもかかわらず、岩村城の危機の際にはすぐさま援軍を遣わし、岐阜城に後詰めまで用意したほどである。

「しかもどうやら、さきごろ内匠助《たくみのすけ》どのが病で身罷《まか》られたらしい。御坊丸さまが家督を継がれたものの、まだ年端《としは》も行かぬゆえ、とりあえずはお方さまが城主におさまったとのことじゃ」

「まことですか⁉　まさか武田はそれを知って……」

「だとしたら厄介じゃな。味方のわしらに事実を秘しておきながら、武田にはすっかり洩れているとなると、去就を疑われても仕方ない」

「いかにも」

「お前たちも知っての通り、岩村城の攻防はわしらにも決定的な影響をもたらすものだ。あれが陥れば、東濃の勢力図は一変する。織田の最前線が、いきなり武田の橋頭堡《きょうとうほ》になるわけだからな」

そうならないために勝三郎自身、遠近衆を率いて毎回出撃してきたのだが、現場を知っている当事者だからこそ、危機感を強く抱いているに違いなかった。

戦国のならいとして、弱者が強者にひれ伏すのは当然である。大名の家臣ですら、よりよい主君を求めて転身することを恥としなかったのであり、ましてや在地の小豪族などは、風に靡《なび》くがごとく翻身《ほんしん》するのが日常茶飯事であった。かつて行動をともにしていた奥三河の諸勢力の過半はすでに武田の軍門に降っており、今度は美濃の遠山家が、内から大きく揺れていた。

「内匠助どのの死がまことであれば、ある意味では信長公にとって吉事と言える。御坊丸さまもお方さまも、お身内だからな。後見と称して兵を入れてしまえば、名実ともに織田家の持ち城だ。だが、喜んでばかりもおれん。遠山家はわしらと同じように、織田の配下に属していながら、半ばは独立しておる。織田家からお二人につき従ってきた者はともかく、元からの家臣の中には、むしろ城を乗っ取られたと不満に思う者の方が多いじゃろう。中には武田の力を借りてでも旧に復さんとする族《やから》も出てきかねん」

一座に緊張が走った。平和な世ならいざ知らず、血筋よりも実力というのが乱世の不文律である。勝三郎の恐れていることは、杞憂《きゆう》とは思えなかった。

実秋が沈黙を破って言った。

「左馬介の話を聞かせてもらおうか」

「はっ。昨夜、有力門徒が大賀の家に集まりました。杉下からも、父の名代《みょうだい》がでております」

「どこぞの修験者《しゅげんじゃ》を囲んでのことだそうじゃな」

「覚円坊と申す者にて、大賀の家とは古いつきあいがございます。これまでも年に一、二度はやってきて、世間話のついでにちょっとした祈祷《きとう》などをいたしております」

「昨日はどうじゃ」

「詳しい内容までは分かりかねますが……」

「さようか。わしのつかんだところでは、枯れ葉に火をつけてまわっているようじゃ」

実秋がよどみなく言った。

右京は、この兄が門徒の中に間諜を潜《もぐ》り込ませていることを知っているが、それが誰であるかを知りたいとは思わなかった。いざ当人を前にしたとき、兄のように素知らぬふりをする自信がなかったからである。そういう腹芸は兄に任せておけばよかった。

「蜂起するなら今しかないとそそのかしたらしい。武田が動き出したこの機を逃しては、仏敵信長を討つことはできん、となる」

信長と本願寺は、二年前から全面戦争をくりひろげていた。

本願寺は諸国の門徒に檄《げき》を遣わし、護法の戦いへの参加を促した。忠節を尽くさなければ破門するというその宣告は、門徒にとっては参戦の強制に等しい。人々の意識の中に、宗主《しゅうす》や教団の力を介さぬ極楽往生などはありえなかったからである。そうして近江・伊勢を中心に各地で蜂起した一向一揆は、信長に対して激しい抵抗の姿勢を見せていた。

しかも昨年、信長は敵対する浅井《あざい》・朝倉をかくまったことから、比叡山《ひえいざん》を焼き討つという所業をもしてのけている。叡山とも本願寺ともつながりの深い武田が信長討伐をうちだしたのには、れっきとした大義名分があった。

勝三郎が再び口を開いた。

「確かに信長公のやり方は覇道そのものじゃ。門徒の気持ちが武田に傾くのも無理からぬところはある。殊に昨年来はな」

実は遠近衆も、叡山の焼き討ちに参加していた。指揮をとっていたのはやはり勝三郎である。ほとんど語られることはないが、同じ仏徒を根切りにするというあの一件が遠近谷の門徒に動揺を生じさせたことは、右京も肌で感じていた。

「ですが……」

と左馬介がことばを選ぶように口をはさんだ。

「それを許せば谷は割れます。しかも武田につけば、今度は織田家の攻撃を真っ正面からくらうことになり、命がいくつあっても足りませぬ」

「その通りじゃ。身のふり方は、よくよく状況を見極めてからでなくては、みずから墓穴を掘ることになりかねん。今しばらくは様子見に徹するが、危険の芽は小さなうちに摘みとった方がよい。些細《ささい》なことであっても注意を怠るな。よいな」

実秋の言葉に、他の三人が真剣な表情でうなずいた。

とそのとき、嬉しげに吠える犬の鳴き声がするや、庭先に大きな黒犬が姿を現した。そしてあとから、鉄炮を肩に担ぎ、腰に二羽のキジをぶら下げた男がゆるゆるとやってきて黙礼した。

右京が縁側まで進み出ると、犬は飛び上がって右京の顔を舐めた。

「こりゃ、よせクロ。あまり犬臭くなるとおなごに嫌われる」

クロことクロガネは、お構いなしに激しく尻尾を振って右京に鼻面を押しつけた。

座を支配していた重苦しい空気が消え、皆の頬がゆるんだ。

実秋が鉄炮の男に声をかけた。

「今日も獲物が二羽か。さすがは甚助じゃ」

「それならクロを褒めてやってください」

とだけ言って、甚助はキジをぶら下げた縄を腰からはずした。

「よくやったのう」

右京が頭や顔をなで回すと、クロはむしゃぶりつかんばかりに愛敬をふりまいた。

甚助は猟師頭の息子であるが、右京らと行動をともにすることが多い。上に多くの兄たちがいるため、父親も好きにさせているようである。年齢は右京の一つ下だが、体格差の方はそれ以上にはっきりしており、腕っぷしでは右京や左馬介の敵ではなかった。ただし山野を駆け回る脚力となると別で、クロガネ以外の誰も追いつくことができないほどであった。

「それと、例の修験じゃが……」

甚助がぼそりと言った。

「うむ、どうした」

「塞《さえ》の追分《おいわけ》まで跡をつけたんじゃが、大賀の家を出てからは特に寄り道もいたしませんで」

「そうか」

大賀の本家のある燕沢《つばめざわ》から一里ほど南へ行くと、ゆるやかな峠で道が二手に分かれる。路傍に古びた道祖神《さえのかみ》があることから塞の追分と呼ばれ、現在はここまでが遠近谷の範囲である。

「どうやら途中で気づかれたようなので、そこからはつけている気配がはっきりと分かるように追いたててやったんじゃが……」

「飛んで逃げはしなかったか」

「はあ。見た目はいたって貧相なくせに、存外食わせ者じゃ」

修験者は諸国往来という性質から、しばしば使者や密偵として使われ、逆に忍びなどが本来の姿を隠す目的で修験者に扮することも多い。特に武田は山伏を組織化して使者の役割を負わせ、同時に彼らと見分けのつかない無数の素破《すっぱ》（間者）を諸方に潜伏させていた。覚円坊が本当の山伏であることは間違いないようであったが、間諜の役目を負っている可能性は捨てきれなかった。

「まあよい。谷の中で目を光らせておれば問題なかろう。警戒されているのが分かっておれば、よほどの痴《し》れ者でないかぎり、しばらくは姿を見せんはずじゃ。ごくろうじゃったな、甚助よ。お前も一緒にキジ鍋なりとつついていけ。少しなら酒もある」

実秋が盃をあおる手真似をすると、甚助の口許がほころんだ。

「では」

と甚助が縁側に腰かけ、キジの首にかけた縄をほどいた。それを受け取った勝三郎が、掲げ持ってしげしげと眺めた。

右京の足許ではクロが仰向けに寝転がっていた。クロは右京と目が合うと、前足で宙を蹴るようなしぐさで、腹をさすれと要求した。右京がしゃがみ込んで、毛足の短い腹をモシャモシャとかきむしってやると、クロは口を半開きにして満足げに目を細めた。

――しょうがない奴だ。

と思いながらさらに力を込めてクロのご機嫌をとる右京の背中越しに、甚助が廊下を台所へと向かう足音が聞こえていた。

三

実秋の言ったとおり、秋山信友はおよそ五千の兵でもって岩村表に姿を見せた。一度は力攻めを試みるものの城兵の激しい抵抗に遭ったため、以後は一転して城を睨む位置に堅陣を構え、調略による切り崩しに力を注いだ。

街道を往き来する人や物の流れを見ているだけでも戦況の優劣は読み取れるものだが、活気があるのは明らかに寄せ手の陣の方であった。めざとい商人たちは稼ぎどころとみれば遠方からでも駆けつけ、にわか商いに精を出す近在の百姓らとともに、濡れ手に粟を目論んでいた。秋山の陣の脇には連日小さな市が立つ状態で、日用品や食糧から武器弾薬、さらには陣場女郎と呼ばれる将兵相手の女たちにいたるまで、ありとあらゆる商品が持ちこまれている。

遠近実秋はその中に間諜をひそませると同時に、武田の本隊の方にも情報収集を専門とする何人かのミミを送り出していた。続々と届けられる東からの注進によると、信玄の本隊と山県昌景《やまがたまさかげ》ひきいる部隊がそれぞれ別路を通って遠江《とおとうみ》に入り、遠州平野への出口をふさぐ二俣城の攻略にかかっているようであった。二俣城から家康の居城である浜松城まではほんの一息なのだが、武田の動きは慎重であった。

秋山隊に焦りが見られないのも、おそらくは信玄本隊の進軍を待っているからであろう。とすると、徳川がなんとか持ちこたえている間は、遠近衆にもわずかながら時間が残されていることになり、その間に打つべき手は打っておかねばならない。一番の懸案はやはり谷内の門徒のことである。実秋の指示を受けた右京と左馬介は、大賀の家に向かった。

四

「すべて腹蔵なく、とはいきますまい。それゆえ、答えられることだけ答えていただければ結構。ただし、その部分に関しては真心をもってお答えいただきたい」

「もとよりそのつもりでございます」

右京がつとめて平然と切りだすと、当主の五郎左衛門《ごろうざえもん》も微笑で応じた。

その一方で傍らにいる五郎左の息子彦次郎は、ただでさえ色の白いうりざね顔が蒼白に見えるほど、緊張の色をあらわにしていた。薄い眉の下にならんだ黒目がちの眸《ひとみ》が、小刻みにふるえて見える。

二人を迎えた五郎左は息子に座をはずさせようとしたのだが、右京がそれにはおよばぬとひきとめたのであった。十七になる彦次郎には本来、彦左衛門という七つ上の兄がいたのだが、数年前に家を出たきり無音《ぶいん》がつづいている。したがってこのままいけば、燕沢の道場役を継ぐのは彦次郎であるから、若い世代の門徒たちの意見を知るのに恰好の相手とみたわけである。

彦次郎は右京らと三つしか齢がかわらないものの、生まれつき蒲柳《ほりゅう》の質だったため一緒になって山野を駆けずり回ることはまったくなかった。ただし、毛色が異なる分、数少ない記憶も比較的鮮明に残っている。幼い頃の彦次郎は、はにかみながら話す言葉のはしばしに聡明さをのぞかせるおとなしいこどもであったが、いま右京の目の前にいる青年も、思慮《しりょ》深げな表情の奥にどこか脆弱《ぜいじゃく》さを感じさせた。

「ではうかがいますが、こちらに大坂よりの檄が届いていますな」

「ええ」

五郎左があっさりと認めると、右京の視界の隅で彦次郎がかすかに身じろぎするのが分かった。だが右京は正面の五郎左から目をそらさずに、

「門徒である以上、本山が信長打倒をかかげて戦っておるなら、やはり自分も馳せ参じたい。それがかなわぬまでも、できうるかぎりの抵抗は示したい。違いますか?」

「そうとも限りますまい」

「おれが仮に門徒であれば、そうするだろうと思ったのですが……」

「誘い水ですか？」

「まさか。本心ですよ」

「まあ、こちらとしても探られる腹が痛くないわけではありませんので、つい用心深くもなります」

「例えば先日の山伏のことなど」

「覚円坊どのですな」

「大坂を助けるべく武田につけとそそのかされましたな」

「お耳が早い……その通りです」

「単刀直入なところ、五郎左どのは大坂に同心されるおつもりか？」

「……確かにそういう気持ちはございます」

「ほう」

「しかし、それをよしとせぬ気持ちも、また同じようにございます。宗祖《しゅうそ》（親鸞《しんらん》）が生きておられたなら、果たして蜂起を促すだろうかと考えると、どうしても答えは否とせざるを得ません」

「今の本山の連中は、本来の教えを曲げていると？」

「そこまでは申しませんが、これまでわたしが接してきた教えからは、あのような文句が出てくるとは思えないのです。わたしなどがこんなことを言うのはおこがましいと分かっておりますが、言われたとおりにすればいいというほど、事は簡単ではございません。本山危急の折、今こそ宗祖の御恩に報いるべし、との檄文は理解できます。しかしそのあとにつづく、無沙汰の輩《ともがら》は永久に破門する、という文言は強制どころか脅迫ともとれるもので、正直わたしをはじめ多くの門徒が困惑しております」

淡々と語る五郎左のことばは嘘とは思えないが、年の功を積んだ男の腹芸は油断がならない。それに、先ほどから彦次郎が落ちつかないそぶりを見せていることも気にかかり、右京は自分と同じ世代の門徒のもっと直截《ちょくせつ》的な意見を聞いてみたくなった。

「彦次郎もそう思っておるのか？」

話をふられると思っていなかったのか、彦次郎は一瞬目を瞠《みは》ったが、すぐにその目を伏せがちにして、

「はい……。少々無体な仰せだと思います」

「門徒に無体を仕掛けているのは、信長公も同じことだが」

「わたくしには、武家のやり方は分かりかねます」

「ともに戦おうとは思わんか」

「遠近衆としては信長公に従っておりますゆえ、同朋相打つ事態は避けるべきでしょう。兄のように気ままな身であればあるいはとも思いますが、わたくしは遠近谷を離れるつもりはありません」

「あれ以来、彦左衛門から便りはないのか」

「一、二度だけです。得度《とくど》したことが記されておりましたが、今はどうしているものやら」

もとから生真面目だった彦次郎は、兄の彦左衛門が家を出てから、いっそう信仰を篤《あつ》くした。その頃、それをひきあいにして、信仰になじまない左馬介をからかったことを、右京は思い出した。

「左馬介どのは、いつから信仰を離れなさった？」

五郎左が斜め向かいの左馬介に話しかけた。

「さあ……はじめからではないでしょうか。物心ついたときには、すでにいやでいやでたまりませんでしたから」

「教えが、ですか？」

「というよりは、和讃《わさん》やお文《ふみ》を覚えさせられるのが、でしょうか。なんでこんな意味も分からないものを唱えなくてはいけないのかと、常に思っておりました。おとなしく座っているのも退屈でしたし……」

「わたしはあなたが信心を持たないと聞いたとき、心のどこかで勝ち誇る部分がありました。わたしの惣領息子の彦左衛門は、人一倍熱心に教えを学ぼうとしておりましたから、父として、同朋《どうぼう》として、実に頼もしく感じておりました。いつ身をひいても安心だ。それどころか、早く隠居して息子に代を譲りたいとさえ思っていたほどです」

大賀五郎左衛門と左馬介の父である杉下新衛門は、ともに門徒を束ねる道場役と村の年寄《おとな》を兼ねており、信仰と村政いずれの面でも村の指導的な立場にあった。遠近谷における地位はほぼ同じであり、心のどこかで競う部分があったとしてもうなずけることである。

「わたしは常に屁理屈《へりくつ》をこねて逃げ出す隙をうかがっているようなこどもでしたから、ついぞ父にそんな安心感を与えることはありませんでした」

「安心感など、今となってはわが身の浅はかさの裏返しでしかありません。わたしは彦左衛門が心中で不満をくすぶらせていることなどつゆ知らず、おのれの幸せを信じて疑いませんでした。その結果はみなさんご存じの通りです。あいつは本当の信仰にうちこみたいと彦次郎にだけ言い残して家を出ました。

わたしにとっては青天の霹靂《へきれき》でしたが、あいつにしてみれば積年《せきねん》の思いをようやく実行に移したということだったのでしょう」

彦次郎が思い返すように小さくうなずいた。

「親馬鹿もいいところだと分かってはいますが、わたしは今でも、もしかしたらあいつがいつの日か戻ってきて、立派に成長した姿を見せてくれるのではないかと、夢のようなことを思うのです」

「充分可能性はありましょう」

「確かに戻ってこないと言い切ることはできませんが、わたしはあいつが家族も故郷も捨てたのだと思うことにしています。たとえ戻ってきたとしても、それで昔のように何事もない日々が送れるでしょうか。時がたてば、すべてが変わります。あいつが居たところだけそのまま、というわけにはいかないのです」

「では、彦次郎に家督を譲ることは、本決まりなのですか？」

「そうです。杉下の家も、あなたの弟御が継がれるのでしょう」

「不肖の兄ゆえ、父だけでなく弟にも迷惑をかけます」

「新衛門どのは、もう何も言われないのですか？」

「さすがに諦めたのでしょう。結局は心の裡《うち》の問題ですから、形ばかり強制しても意味がありません」

「うらやましい気がいたします」

「とんでもありません。押しつけぬと言うと聞こえはいいですが、実際は見放されたようなものです。面倒みきれん、あとは好きにしろ、ということですよ」

と左馬介が屈託《くったく》なく言うと、五郎左もぎこちない笑みで応えた。

実秋の名代は右京であるが、左馬介も道場役家の息子として、橋渡しの役割を充分に果たしてくれていた。右京はそろそろいい頃合いと見て口を開いた。

「五郎左どののお気持ちはよく分かりました。蜂起するつもりがないとはっきりしたからには、今後のことを相談せねばなりますまい」

「もちろんです。して、オヤカタさまのお考えは如何《いかん》？」

「残された時間が多くない中で、苦渋の決断を迫られております。織田につき従うにせよ、武田に靡《なび》くにせよ、危険が回避できるわけではありませんので」

「単純に損得だけで考えたとしても、いずれにつくべきか決しかねるところですし、その上、門徒の信仰まで絡んでくるとなると、オヤカタさまの苦衷《くちゅう》は察するにあまりあります」

「世の中を、門徒とそうでない者の二通りに分けてしまえば、事は簡単です。当流に仇なすものはすべて敵、と判断して、敵は殺し、味方は守る、それだけで済みます。けれど遠近谷は門徒とそうでない者とが肩を寄せあって暮らしている土地です。信仰の有無で敵味方を分けるなら、たちまち谷は屍《しかばね》の山となるでしょう。門徒の意向をおろそかにはいたしませんが、場合によっては忍苦を強いることもありえると覚悟をしていて下さい」

「正しいと思えば、多少の反発があろうと最後まで押し通す覚悟がおありなのですね」

「当然ながら、反発が起こらないに越したことはありません。そのために、まずは近いうちに常念寺で寄合《よりあい》が開かれることになります。参加するのはオヤカタさま、勝三郎兄、妙円どの、新衛門どの、そして五郎左どのに、その他の年寄衆《おとな》。おれも末席に加えてもらう予定です」

「なるほど」

「そこで五郎左どのにはひとつの役割を演じていただきたいのです」

その機会は予想以上に早くやってきた。

翌日、戦況が一変したのである。

五

「いま申した通り、岩村は陥《おち》た」

首座につくオヤカタさまの言葉に、一同は沈黙をもって答えた。

明け方から降りはじめた雪が、常念寺の境内をうっすらと白くおおっていた。初冬の雪はほんの一刻ほどでやみ、今は堂宇の軒先から滴となって落ちている。その水のはじける音が、重苦しい静寂の支配する広間をひたひたと満たしていた。

元亀三（一五七二）年十一月十四日、岩村城が武田の手に渡った。寄せ手の調略がついに実を結び、そっくりそのまま譲り渡されたのである。

伝えられていた遠山内匠助《たくみのすけ》の病死は事実で、城主急死という事態に対する当面の措置として、家督は御坊丸が継ぎ、城主にはおつやの方がおさまっていた。そうなれば当然、二人につき従ってきた織田家の家臣の勢威が増す。信長の実子と叔母であるから御輿《みこし》にかつぐには申し分ないが、現実の家政まで織田の手の者に牛耳られるとなると、元からの家臣が不満を抱くのも無理はなかった。

武田方はめざとくこの内紛に目をつけ、ひと月近くも水面下での交渉をくりかえしていた。寄せ手の大将秋山信友と、夫を亡くしたばかりのおつやの方との婚儀を整えようというのである。

喪もあけぬうちから再婚話など、おつやの方が喜んで耳を貸したとは思えない。しかし戦国の世においては君臣の関係もまた実力次第という面が強く、未亡人であり、みずから城兵を指揮する能力もないおつやの方が、家臣団の意向を無視することはできなかったであろう。

最終的に家臣の説得に折れたのか、無益な血を流すことを嫌ったのか、そのあたりは定かではないが、おつやの方は縁談を了承した。条件として、まだ幼い御坊丸を武田の家中で大切に養育することが付されたが、要は体のいい人質である。

話がまとまれば、あとはあっという間の出来事であった。

家臣らは、暁闇にまぎれて武田の軍勢を招き入れ、戦闘らしい戦闘もないまま、城の主だけが交代した。日が昇り、城内にはためく武田の旗を見た人々は、いっせいに肝をつぶしたことだろう。

かくして御坊丸は府中（甲府市）に送られ、信長直参《じきさん》の兵は首を斬られた。

斥候《せっこう》の報告を受けた勝三郎は、すぐに前線に赴くと同時に、谷中の各所に伝令を走らせ、緊急の寄合を招集した。そうして、本来いるはずの勝三郎抜きで、遠近谷の命運をはかる寄合が開かれることになったのである。

「奪い返すことは、まず無理であろう。武田はしっかりとくさびを打ちこんだことになる」

今のところ、岩村の城兵が遠近谷まで押し寄せるという可能性はそれほど高くない。警戒すべきは雑兵らによる作薙《さくな》ぎ、放火、乱取り《らんど》（誘拐・強盗）などであった。

信玄が名君と讃えられるのは仁政をしいたためだけではなく、人々が何よりも求める強い君主だったからである。武田の軍勢は常に領外に出て戦うことを身上としていたが、それは相手にしてみれば侵略行為以外のなにものでもない。侵略し続ける主君は、分け前を与えてくれる首領でもある。いくさは庶民の稼ぎの場でもあり、武田の軍兵の行く先々で、略奪や拐《かど》かしが横行した。

今も勢いづく武田の陣営には、陣場稼ぎをめあてに意気盛んな雑兵たちがごまんといるはずである。たとえ軍令が禁じていても、抜け駆けをはかろうとする族《やから》は必ずいる。そういう連中が実に油断ならないことは、いくさばたらきを生業《なりわい》とする遠近衆自身、身に覚えのあるところであった。

「今の織田の力では、武田の軍勢を禦《ふせ》ぎ止めるのがやっとというところだろう。今回のことで、それすらままならないということが分かったがな。だからといって武田につくのも考えものじゃ。信長公は裏切り者に容赦《ようしゃ》のないお方じゃ。必ず武田が勝つ、という公算がないかぎりは、織田を離れるわけにはいかん」

仮に寝返った場合、それが本心であることの証に、先陣をきって戦わねばならないという不文律がある。この局面では武田が優勢であっても、いまなお織田家が海内《かいだい》随一の大勢力であることは疑いない。どちらを敵に回すのが得策かと考えると、どちらも危険と言うほかなかった。

「しかし、遅きにすぎては元も子もありません。ある程度は賭けになっても、決断は早いほうがよいのではないでしょうか。目下の情勢は信長公に不利に動いております。武田や浅井、朝倉だけなら数の上で互角に戦えましょうが、当流の門徒や山門といった武門以外の相手には泥沼の戦いを強いられるかも知れませぬ」

門徒である年寄衆《おとな》の一人が言った。

「ここに集まってもらった者の過半は、親鸞聖人《しょうにん》の教えを抱いておる。気持ちとして本願寺や武田に与したいことはよく分かる。だが思い返してもらいたい。確かに織田の領内で多くの門徒が蜂起の火をあげているが、信長公は門徒とて弾圧してきたわけではない。それは皆が承知のはずだ」

実際、遠近谷の門徒もその信仰自体を咎《とが》められたことは一度もない。本願寺の末寺でも、本山の指令を無視して信長の庇護《ひご》を受けたものは意外に多いのである。

「先年、山門を焼き払ったのもそうじゃ。信長公は、味方するならば山門領を還すと約束し、それがかなわぬまでも中立を守ってくれさえすればよいと仰せられた。にもかかわらず山内に浅井・朝倉をかくまい、敵意をむき出しにしたせいであのような仕打ちを受けることになったのじゃ」

「どうであろうかな。山門が従わなかったのは、そもそも信長に土地を奪われたからではないか。還すなどと言われても、かたはら痛い思いであったろう」

実秋の隣にどっかとあぐらをかいた坊主が、ふいに口を開いた。実秋の幼なじみにしてこの寺の住職、妙円である。

遠近谷にはもともと真宗寺院がなく、大賀・杉下両家の道場が寺代わりであった。だが遠近で生まれ育った妙円が三十を目前にして坊主となって帰ってきたのを機に、長らく無住の荒れ寺となっていた常念寺を修復して、狭いながらも寺としての体裁《ていさい》を整えたのであった。

道場役の二人はさすがに住職の代わりを務めてきただけあって、見るからに有徳《うとく》で貫禄がある。それに比べて妙円はといえば、変に鋭い光をたたえた金壺《かなつぼ》まなこに、剃りあげない頭、まばらな無精ひげと、明らかに道場役の二人よりもさえない風采《ふうさい》の持ち主なのだが、それでも軽んじられることがないのは、この男なりの人徳というものかもしれなかった。

「山門にも大坂にも、はじめに無体を仕掛けたのは信長の方だぞ。護法のために信長を討つ、という名分は充分に立つ」

妙円の言うことはもっともであった。

信長が足利義昭を奉じて上洛すると、本国美濃との通路を確保するために、近江にあった山門領の多くを接収した。本願寺と呼応して兵を挙げた浅井・朝倉が山内に逃げ込んだとき、山門が織田軍の入山を拒み、朝廷や将軍の仲裁にも強硬な姿勢をとりつづけたのは、そのことに対する恨みと不信感が深く刻みこまれていたせいである。

大坂の本願寺にしても、信長の上洛当初は友好関係を結ぼうとしていたが、一方的に矢銭を要求された上に、あげくは寺地を明け渡せなどと言われる始末で、敵に回ったのも無理からぬところがある。

「山門、本願寺、浅井、朝倉、武田、おまけに公方さま。信長はまさに四面楚歌《しめんそか》だ。頼みの綱の徳川もいまや風前の灯火。それでも信長を見限るつもりはないのか?」

「あやうい」

「この機に旗幟《きし》を鮮明にすれば、本願寺にも武田にも恩が売れるぞ」

「武田が勝てばな。負ければまったくの売り損だ」

「門徒が次々に蜂起すればこそ、織田の息の根も止まる。手をこまねいて見ていると、自らの首を絞めることにもなりかねんぞ」

「そうやって勇ましいことを言うのは簡単だ。だが、檄に応じて蜂起するということは、この地に兵を呼び込むということだ。信仰のためには多少の犠牲はいとわない、命にかえても極楽往生を求めるというのなら、もはや話し合う余地はない。わしは現世の理を説くことはできるが、来世の保証まではできないからな」

「現世の理とはなんじゃ」

「死んでもはじまらんということじゃ。あの世でどうなるかは知ったことでないが、この世ではただ終わるだけだ。死んだ者は生き返らん。大体、極楽という所は無限の世界なのだろう？　往生に早いも遅いもないはずじゃ。死に急いでも意味がない」

右京は末席でみじろぎもせず、二人の話に耳を傾けていた。時折小さな咳ばらいが洩れるほかは、口をはさもうとする者もいなかった。

「……わたしの所に檄が届いております」

重い空気を破るように、五郎左がこの寄合ではじめて言葉を発した。

「いや、遠近谷の門徒に宛てて、というべきですな。ここにも、身に覚えのある方が大勢いらっしゃるはずだ」

声には出さないどよめきが、一座の中をさざ波のように広がった。

「内容をかいつまんで言うならば、このような危急の折に忠を尽くさぬ者は破門する、というようなことです。ただし具体的に兵を挙げよとか本山に駆けつけよ、といった指示があるわけではありません。

忠のあり方にもいろいろございましょう。ときには前のめりになる本山の手綱《たづな》を引くことも、ひとつの忠であるかも知れません。それに文中には、信心決定《けつじょう》こそ往生の要諦《ようてい》であるという、宗祖以来の教えも説かれていました。たとえいくさに参加しても、真の信心がなければ、やはり往生はかなわぬのです。門徒の皆さんにはそこのところをよくよく考えていただきたい。現実に生き残るための選択はもちろん大切です。と同時に、おのれの信心に背いていないかどうかということも、踏まえた上で判断していただきたいのです」

五郎左は人々の反応を一つひとつ確かめるように、ゆっくりと言葉を紡《つむ》いだ。するとそんな五郎左の語りかけに応えるように、杉下の新衛門がいつもの低い声で言った。

「……わたしの所にも、来ております。内容はほぼ同じでしょう。ただいまの五郎左どののお話、まったくその通りと感じ入りました。弥陀《みだ》の御心《みこころ》に背かぬことが、なによりでございましょう」

――そうだよな……。

大賀に来たものが、杉下に来ない道理がない。新衛門の言葉に驚くところは何もなかった。それでも右京が少なからず心を乱されたのは、新衛門が左馬介の父親だからであろう。杉下への檄のことを左馬介から聞いた覚えはなかった。疎遠であっても家族を売るような男ではないからこそ信頼に足るとも言えるが、これだけ大きな問題となると、やや情に流されたきらいもあった。盲目的な信頼が相手のためになるとは限らなかった。

「坊主の身としてあえて言うが、本山や宗主《しゅうす》が常に正しいわけではない。わしらは弥陀のみに一心に帰依《きえ》するのであって、本来は教えを抱く者はすべて対等な同朋《どうぼう》じゃ。そのような教えを説いてきたはずの宗主一族に忠を尽くせというのは、おかしな話じゃ。間違っとる。ましてや破門などと脅しめいた言葉をちらつかせて、宗祖も極楽で泣いておろう」

先ほどまでとはうって変わって本山を敵に回すような物言いの妙円に対して実秋が、

「いいのか、そんなことを言って。本当に破門されたらどうする」

「わしなど、すでに破門されているも同然じゃ。大体、無茶を強要する本山など、こっちからお断りじゃ」

「おぬしがよくても門徒が困る」

「だったらどうせいと言うんじゃ」

「蜂起は自重すべきと思います」

五郎左が割って入った。さらに新衛門も、

「いかにも。しかし、本山と敵対するのも避けねばなりません。積極的に信長公のお味方をするわけには……」

「さればじゃ」

実秋が、我が意を得たりと身をのりだした。

「信長公には忠節を誓う旨の起請文《きしょうもん》を差し出す。わしの名でな。それと同時に、武田にはそなたらの連署で制札を求めてもらう」

起請文とは、神仏に誓って約束を守ることを記した文書《もんじょ》である。はじめに誓約内容を述べ、つづいて、それを破ったらこんな神仏罰を蒙《こうむ》っても構わないとして、対象となる神仏名が列挙される。その数は起請文が成立した平安時代以降どんどん増える傾向にあったが、どれほど多くの神仏の名を挙げようと、信じていない者には痛くもかゆくもないわけで、そこに実秋の意図があった。門徒にとって弥陀に誓うことの意味は限りなく重いが、右京や実秋にとっては鴻毛《こうもう》のごとく軽いのである。

起請文の作られる典型的な例が、一味神水《いちみじんすい》である。一味神水とは一揆を結ぶ際などにおこなわれる儀式で、まず参加者が一味同心することを誓い、違犯した場合はいかなる神仏罰をも蒙るという起請文を作成する。全員が署名したら焼いて灰にし、神水に混ぜて回し飲みする。そうして誓いを固めるのである。

ところが、時代がくだると一種の誓約書や契約書のような使い方をされるようになり、戦国大名は和睦《わぼく》や同盟に際してしばしば起請文の形式を用いた。本来、神や仏に捧げるものだったのが、いつのまにか後尾に宛名を伴うようになったのである。したがって、実秋が遠近家当主という個人格で織田家奉行衆中に起請文を差し出すことは、決して不自然ではない。

一方の制札はというと、これは一種の保護証明書のようなものである。

村や寺は、侵攻してくる軍勢の指揮官などから、軍兵の狼藉を禁止する文書や高札を獲得した。それが制札（禁制《きんぜい》、かばいとも）である。制札を得るためにはこちらから願い上げに参上する必要があり、しかもかなり費用がかかる。さらに獲得しただけでは意味がなく、村や寺の入り口にかかげて軍兵を押し返すという実力行使を必要とした。

軍勢は、制札を交付すれば金銭をせしめ、しなければ略奪する。どちらにせよ儲かる仕組みになっていた。稼ぎのためのいくさという側面が如実に表れている例である。

「遠近衆としては織田に忠誠を誓い、村としては武田から安全を買うわけか」

「そうだ。極力いくさに巻き込まれることは避けるが、やむなく兵を出す場合は今まで通り織田につく。それから、武田に支払う銭は、身代に応じて割りふることにする。守るべきものの大きさがまちまちである以上、均等割ではかえって不公平であろう」

「異存はございません」

「いかにも」

両道場役が了承の意を明らかにすると、他の者たちも口々にオヤカタさまにしたがう旨を表明した。

「二股膏薬《ふたまたこうやく》が、うまく効いてくれるとよいがの」

「効かせるためにもう一つ、皆にお願いしたいことがある。制札の交付交渉と並行して、住民の山籠りを進めてもらいたい。来るならやるぞ、という覚悟だけは見せつけておかねば、無事に切り抜けたあとでも必ず甘く見られる。仮に見つかって、刃向かう気かと問われたなら、総出で鹿狩りとでも言っておけばよい」

山籠りとは逃散《ちょうさん》の一種であるが、この場合は難を避けるだけでなく、より攻撃的な色合いの強いふるまいを意味していた。遠近谷には村人自前の山小屋（山城）が方々に築かれており、平時には猟や山菜取りの基地として使われているが、いざというときは村人がこぞって立て籠る抗戦の根城となる。数十人規模の大きなものでは、逆茂木《さかもぎ》や乱杭《らんぐい》など、ふつうの山城と遜色《そんしょく》ないほどの防御施設を備えており、そうなるともはや籠城といっても過言でない。

「一人も残らず、ということですか?」

「うむ、基本的にはそうじゃ。田畠の維持と制札を掲げるための最小限の人数は交代で残すが、あとの者はすべて引き払ってもらう。したがって門徒の皆々には申し訳ないが、報恩講《ほうおんこう》もいつも通りというわけにはいかぬ。何かと不如意《ふにょい》なことも多いとは思うが、執り行う場合は山小屋でお願いしたい」

親鸞聖人の祥月命日《しょうつきめいにち》におこなう奉祝行事を報恩講といい、門徒には年間でもっとも重要な行事である。だが命日の十一月二十八日まであと十有余日しかなく、それまでに事態が好転しないかぎりは、山籠もりが終わることはありえない。

身を守るためにやむを得ないとはいえ、報恩講を中止すれば門徒から不満の声が洩れるのは確実であった。特に、祭礼を執行する主体である若者層は、年寄衆《おとな》の出した両天秤の方針にも反対することが目に見えているため、注意が必要であった。

「お二方から門徒一人ひとりに、寄合の結果をかんで含めるように伝えていただきたい」

実秋が目顔で頼み入ると、五郎左と新衛門は声を揃えて、

「承知いたしました」

と答えた。

「もちろんおぬしからもだ」

実秋が横に目配せすると妙円は、

「分かっとるわ」

と吐き捨てるように言ったが、どこか他人事のように遠い目をしていた。

すきま風が右京の頬をひんやりとなでた。雪はやんでも、肌を刺すような冷たい空気の感触はそのま

まだった。

六

踏み込んだ右京の右足が、ぬかるんだ土の上をツ――と滑った。半身になった体《たい》が流れ、踏みとどまったときには胸元に左馬介の槍先が突きつけられていた。槍といってももちろん稽古用のものであり、穂先はついていない。したがって形としては棒であり、柄の先端も相手を傷つけぬよう布で丸く覆われていた。

「ちっ、もう一本」

そう言って向き直った右京が槍を構え直すと、左馬介はかすかに笑みを浮かべてそれに応じた。

――くそっ。

右京はおのれの心の裡《うち》が乱れていることを悟った。

左馬介の表情が一瞬、嘲笑のように見えたのは、右京自身にわが身を嘲る気持ちがあったからであろう。足をとられたのは迂闊《うかつ》であったし、そもそも焦って無理な踏み込みをしたこと自体が拙劣であった。

そんな右京の気の迷いを見すかしたように、左馬介は機先を制して打ちかけてきた。

気持ちがはやっているときは、ひとたびその間合いをはずされたり、気勢をそがれたりすると、まったく脆《もろ》いものである。右京は腕前では互角のはずの左馬介にあっけなく二本を連取され、

「今日は調子が狂っておるようだ。これ以上、やっても無駄だな」

と、自身のふがいなさに憤《いきどお》りをくすぶらせながら、おとなしく槍をおさめた。

「ま、それならやめておくか。つきあっているとこっちまで調子が狂う」

左馬介は、毒づいた割には気遣うように右京の肩を軽く叩き、縁側にどっかと腰を下ろした。身体からは、ゆらゆらと白いものが立ちのぼっている。

右京もあとを追って、左馬介の隣に少し間をあけて腰掛けた。

すると、二人の手合わせの様子を窺《うかが》っていたのか、下女のおひさが手ぬぐいを捧げ持って現れた。小柄であるが腰回りは意外としっかりしており、立ち居ふるまいも齢の割には落ちついた雰囲気を漂わせている。

おひさが垂れぎみの目を細めて手ぬぐいを差し出すと、左馬介は、

「や、かたじけない」

と顔も上げずに受けとった。みえみえの照れ隠しであった。

おひさが遠近家に奉公に入ったのは十二のときで、まだ蕾《つぼみ》にもなっていないような童女《どうじょ》に過ぎなかった。しょっちゅう失敗をしでかしてはべそをかき、左馬介や右京がなぐさめてやったことも一度や二度ではない。

ところが十六になったおひさは今や、まるで別人のように見えた。肉置《しし》きがおとなの女のそれへと変わりつつあるのはもちろんだが、挙措《きょそ》の端々にまでみずみずしい艶《なま》めかしさが感じられるようになっていた。

その理由が左馬介にあることを、右京は知っている。問うても左馬介は決して言うまいが、遠近家に

入りびたっているのも、半ばはひさの顔を見たいがためであった。時折二人きりで逢っていることもお見通しである。

おひさは右京にも手ぬぐいを渡すと、一礼して奥へ下がっていった。

――絶対尻《じだ》に敷かれるな。

耳朶を染めながら額の汗をぬぐう左馬介に比べて、ひさの態度には余裕すら感じられた。惚れられた者の強みなのか、あるいはそれが女というものなのか、右京は匂い立つようなおひさの後ろ姿に目を瞠《みは》った。

縁側の逆の端では甚助が鉄炮の手入れに余念がなく、一心に銃口を覗いては汚れ落としの細長い棒を突き入れていた。そのすぐ前の踏み石の上ではクロが目を閉じて丸くなり、静かに腹を上下させている。

左馬介がふうっとひとつ肩で息をして、右京に話しかけた。

「……どうした。寄合はうまく話が進んだのだろう?」

「まあな。五郎左どのがこちらに協力してくれたおかげで、予想以上にすんなりとことが運んだ。門徒が実力に訴える事態は、ひとまず避けられそうだ」

「おれとおまえが敵どうしになることもなくなったわけだ」

「ふん、とうに門徒ではないくせに」

「分からんぞ。いつ悔い改めるかもしれん。そうなったらきっと、人一倍熱心な門徒になるだろうな」

「そんなそぶりを見せると、親父どのがぬか喜びするからよせ」

「まさか。そこまでおめでたくはなかろう」

「どうかな。親というものは厳しいことを言っていても、やはり我が子を見る目は甘いらしい。五郎左どのがいい例だ」

「あの御仁《ごじん》はそうだな。彦左衛門のことは諦めた、というのも本心とは思えん」

「彦左衛門といい、おまえといい、甚助といい、遠近谷にはどうしてこうも親不孝者が揃っておるのか」

「おまえは違うのか？」

「親はもうおらんが、孝を尽くす気持ちはあるぞ。オヤカタさまや、勝三郎兄や、遠近家のために役立つはたらきをしたいものだ」

「はあ、それで焦っておるのだな」

「正直なところ、今のままでは手持ちぶさたなのだ。今度の寄合の件といい、おれがやっていることが無駄でないことはよく分かる。だが、このでかい図体を生かせる場は、もっと他にあるだろう」

「いくさに出たいのか」

「まあな。おれの腕は未熟か？　勝三郎兄の足手まといになる程度のものか？」

「贔屓目《ひいき》かもしれんが、いつもの調子であれば谷でも五本の指に入るとは思う。今日のようなら話にならんがな」

「ならばなぜ、おれをいくさに出してくれんのか」

「おまえの鉄炮はちっとも当たらんではないか」

「鉄炮だけが遠近衆ではない。撃ち手を守るために腕のたつのも必要だぞ」

「ならばオヤカタさまに聞いてみればよかろう」

「もう聞いた。勝三郎には勝三郎の、おまえにはおまえの役割がある。兄弟それぞれが分を守って協力しあわなければならん、とさ」

「もっともではないか。どこも間違っておらん」

「正しいとか正しくないとかの問題ではない。これではおれの気持ちがおさまらんと言っているのだ。さしせまって武田の脅威がある今でも、おれたちは留守番ときている。遠近衆として戦いたいと思ってはいかんのか?」

「そうだ。おまえは門徒が諸国の一揆とともに戦いたい気持ちは分かると言い、だがそれを止めた。戦って守れるものもあれば、逆に失うものもある。猛《たけ》るばかりが勇ではないと、分かっているから止めたのではないのか。違うか」

「おれとて、むやみやたらに力を振るいたいわけではない。いくさに出たい、というのともちと違うかもしれん。門徒が逡巡《しゅんじゅん》しておるのは蜂起するかどうかという段階でだが、遠近衆はすでに戦っておる。こうしておる間にも、勝三郎兄は岩村表で武田と対峙《たいじ》しておるのだ。ならばおれも危険は承知の上で一緒に戦いたい。怖くないと言えば嘘になるが、それでも役に立って死ねるのなら本望だ」

「勝手な奴だ」

「何がだ」

「少なくともおれは、おまえに勝手に死なれては困るからだ」

左馬介はそう言って穏やかなため息をもらした。

「オヤカタさまもそうだろう。勝三郎さまをどれほど信頼していても、一人の力には限界がある。いくさに敗れることもあるだろう。場合によっては討死するかもしれん。それくらいの覚悟で兵を預けておられるはずだ。もしも大敗を喫したとき、勝三郎さまを失うだけでも断腸《だんちょう》の思いだというのに、おまえまでともに死んでしまったらどうなる？　遠近の家は誰が継ぐのだ。はや乃さまはまだ三歳だぞ」

「おれが勝三郎兄を死なせなければいいことだ」

「思い上がるな。勝三郎さまもおまえを生かそうとされるだろう。わが身を危険にさらしてもな」

「…………」

「なあ、甚助」

左馬介の呼びかけに、甚助が面倒くさげにふり向いた。

「おまえはいざとなったら、右京を捨てても逃げられるか？」

「そんなたわごとを抜かしているようなら放っておく、と言いたいところだが、目の前で死なれては寝覚めが悪い。引きずってでも生かして帰してやるさ」

訥弁《とつべん》の甚助が珍しくスラスラと言い終えると、もういいか、といわんばかりの表情を浮かべた。左馬介が軽く手を上げて合図をすると、甚助は再び銃口に目を向け、黙々と作業をつづけた。クロは相変わらずおとなしくしていた。

「おまえの身はおまえだけのものではない。もっとも、おれのものでもないがな」

左馬介の口から白い息がこぼれた。

——道理だよ。

左馬介の言っていることに、反論の余地はない。それでもなお、右京は自分がおかしなことを言っているとは思えなかった。

七

退屈な山籠もりの日々に、一つだけ変化があった。人々が山籠もりをはじめてから十日あまりが過ぎたとき、いなくなっていた五郎左の長男、彦左衛門が村に帰ってきたのである。

その日、取り決め通り交代で村の見張りに下りてきていた村人たちが、塞《さえ》の追分《おいわけ》の方からたった一人でやってくる胡乱《うろん》な旅僧を見つけた。森閑《しんかん》とした村の空気が緊張感を高めていたせいもあるし、折も折で山伏や僧侶の出入りを警戒していたこともある。彼らは衆を恃《たの》み、ほとんど咎め立てするかのような口調で旅僧に声をかけた。

すると男は怯《ひる》むかと思いきや、ニコリと破顔して言ったものである。

「やあ、ひさしぶりじゃな」

しばしの黙考ののちに一人が気づくと、すぐに一同から歓待の声があがった。元気だったか、何をしておったか、と矢継ぎ早の質問の一つひとつに、彦左衛門はにこやかに答えていった。

彦左衛門は報恩講を村で迎えるために帰ってきたのだと言った。親兄弟とともに、弥陀や釈迦《しゃか》、先達《せんだつ》の高僧らの恩に報いたいという心掛けは殊勝である。彦左衛門に冠せられていた親不孝者という汚名はすぐに消え、村人の籠もる山小屋では暖かく迎えられた。おかげで報恩講は例年のように盛大には行えなかったものの、ある意味ではいつも以上に人々の心を喜びで満たすものとなった。

だが、歓喜の余韻《よいん》も冷めやらぬ報恩講の翌朝、彦左衛門の姿はなくなっていた。単に一時的に里心がついただけだったのか、あるいは別の目的があって報恩講を口実にしたのか、今となっては知りようもなかった。

——ぬか喜びをさせるな。

右京には五郎左の落胆ぶりが目に浮かぶようであった。

生きていることが確認できただけでもよかったろう。それが親というものだ、と実秋はさほど気にもかけない様子で言うが、こどももいなければ実の両親もすでに亡い右京には、実感としてうなずくことができなかった。確かに実秋の母は自分をわが子同様に扱ってくれたが、実母の面影が瞼《まぶた》の裏に鮮明に残っている以上、義母という意識はぬぐいきれない。

自分が生きているだけでしあわせだと感じてくれる人が、どれほどいるのだろうか。左馬介、実秋、勝三郎、甚助——。彼らが自分を想ってくれる気持ちは分かる。けれども、それとしあわせという思いはどうしても結びつかなかった。


一方、年末にかけても武田の動きは相変わらず慎重であった。

遠江の信玄本隊は、二俣城の攻略に手を焼いていた。二俣城は遠州平野の交通の要点であり、武田が後顧《こうこ》の憂いなく西上を進めるためには、是が非でも押さえておきたい場所である。逆に言えば、徳川にとっても失うことのできない最後の砦なわけで、城兵は必死の抵抗で寄せ手の猛攻をしのぎつづけた。

すると信玄は、一転して水の手を絶つ作戦に切り替えた。二俣城は三方を川に囲まれた断崖上にあるため、城中よりはるか下方にある川面から水を汲み上げていた。そこで武田軍は上流で筏《いかだ》を組んで流し、取水櫓《しゅすいろ》を破壊したのである。そうしてようやく開城にこぎつけたときには、すでに遠江入国からひと月あまりを費やしていた。

これでいよいよ家康の居城である浜松城を攻めるかと思いきや、武田軍は城の前を素通りして、そのまま西へと進軍する様子を見せた。ここまで予想以上に手間取った分、信玄にも焦りが生じたのかもしれない。逐一《ちくいち》届けられる報《しら》せに右京は、

――信玄坊主とて人間だ。

と若干の安堵をいだいたが、それがあさはかな読みであったことは、すぐに明らかになった。

徳川の手勢は織田の援軍を加えても武田の半分にも満たず、まともに野戦で会せば衆寡《しゅうか》敵せぬのは当然の理であった。にもかかわらず、徳川軍は城を撃って出たのである。いくら強敵とはいえ、相手にもされずに目の前を素通りされては、武家の面目も織田への義理も丸つぶれであるため、無理を承知で追撃にうつったのだろう。ところが背後から攻撃を受けるはずの武田軍が、逆に万全の構えをもってこれを迎え撃った。浜松城を無視するそぶりを見せたのは、もとより誘いだったに違いない。かくして元亀三(一五七二)年十二月二十二日、浜松城近郊の三方ヶ原でおこなわれた合戦は、武田の完勝に終わった。

その報はたちまち海道筋に知れわたり、武田詣《もう》での行商人らの姿が、以前にも増して目につくようになった。

さらに暮れもおしせまった二十八日には、徳川敗報以上の衝撃が遠近谷を襲った。遠近衆も加わる在地土豪の連合軍が、岩村城に入った秋山勢に敗れたのである。

「遠山勢は大敗、明知《あけち》どのは討死の由にござりまする」

勝三郎からの伝令は、そう言うと激しく咳き込んだ。紫がかった顔色は、前線から息のつづくかぎりと駆けに駆けてきたことを物語っていた。

「我が衆はいかがいたした」

実秋が感情を押し殺すように言った。

「四郎どのが討死、そのほか負傷した者はかなりの数にのぼります」

——なんてことだ。

右京の心は悲しみとも驚きともつかない暗澹《あんたん》たる思いに覆われた。

四郎秋成は、実秋と右京の従弟にあたる。まだ親どうしの口約束に過ぎないが、四郎の一人息子はいずれ実秋の娘であるはや乃の婿になる予定であった。

いくさで命を落とす者がいるのは、こどもでも分かる話である。しかしそのことと、実際の死を了解することとは、千里の隔《へだ》たりがあった。右京は今になって、左馬介の言葉をしっかりと噛みしめた。

遠山の一族は東濃一帯に分拠しており、岩村の本城が武田の手に渡ってからも、それぞの支城を守って武田に抗していた。その中心にいたのが明知城主の遠山景行《とおやまかげゆき》である。遠山家は源頼朝の重臣であった加藤次景廉《かとうじかげかど》を祖とし、以来、三百七十年余もこの地を治めてきた。そんな先祖累代の地を汚されたという思いもあっただろう。また、みすみす敵将に再嫁《さいか》した岩村遠山家の未亡人のふるまいを恥じる気持もあっただろう。そして、迫り来る武田の圧力を躱《かわ》すためには、せめて一度なりと戦果らしい戦果をあげておく必要性を、強く感じていたことだろう。秋山勢は多く見積もっても五千ほどであるから、味方を募れば兵数では自分たちが上回る。つまり家康のように焦《じ》れて策略にはまりこんだのとは違い、遠山景行が合戦に踏み切ったのにはそれなりの理があったのである。

そうして遠山一族に東濃、奥三河の土豪を加えた連合軍は、信濃・三河との国境にほど近い濃州上村《かんむら》において、武田勢と合戦に及んだ。だが、遠山勢は寄合所帯で、しかも兵数で優位に立つという気の緩みがあった。結果的にこのいくさで際立ったのは武田軍の精強ぶりばかりであり、散々に追いまくられた遠山勢は、盟主の景行・景玄《かげはる》父子が討死した上、明知城まで奪われるという惨敗を喫した。

これで武田の最前線は、岩村からまた一段と遠近谷に近づいたことになる。

遠近谷の住民がいくらいくさ慣れしているとはいえ、ここまで世上が不安定になるとさすがに落ちついてはいられない。申し合わせを破って村に還住《げんじゅう》する者が現れはじめたかと思えば、反対に、どこへともなく姿を消す者たちも出はじめた。前者は老人が、後者は若者が多かった。どうせなら山小屋などではなく長年住み暮らした家で死にたい、という気持ちは痛いほど分かるし、武田の勝利はほぼ確実と判断するのも、もはや時期尚早とは思われなかった。

——欠け落ちが出るのもやむをえんな。

なに一つとして明るい話題がないまま、遠近谷は新年を迎えた。

欠け落ちはまったくとどまる様子がなかった。

八

常若《とこわか》に御万歳と君主《きみ》は栄えおわします
まず新玉の立ち初むるあしたより
水も若やぎ木の芽も咲き栄えけるは
誠に目出とう候べし

才蔵《さいぞう》の松若の拍《う》つ鼓の調子に合わせて、太夫《たゆう》の市丸が扇子を返して舞い謡《うた》う。そしてその様子を遠近《とおちか》館《やかた》の男女がぐるりと輪になって、手を叩いたり身体で拍子をとったりしながらにぎやかしている。

毎年、遠近谷に春を告げにやってくるのが、この千秋万歳《せんずまんざい》であった。千秋万歳は新年を祝う芸能の一種であり、ともに風折烏帽子《かざおりえぼし》に大紋直垂《だいもんひたたれ》をまとった太夫と才蔵が二人一組になって行う。門付《かどつけ》芸であるから、得意先を順次訪問しながら一軒一軒、あるいは一村ごとに言祝《ことほ》ぎを披露していく。京の公家のみを檀家とする者から、数ヶ月もかけて地方の檀家を巡回する者まで活動範囲はさまざまだが、市丸と松若の二人は典型的な後者である。尾張の町場を皮切りに、美濃、近江、伊勢と回勤して再び尾張に帰る頃には四月も半ばになっているという。

遠近谷を通過するのは小正月の頃で、ちょうど農事の予祝行事と時期が重なるため、例年ならば各村ごとににぎやかな光景が見られるのだが、今年は事情が異なった。言祝ぐのは遠近家の居館のみで、それ以外は素通りである。戦況が膠着《こうちゃく》し、山籠もりを終える目途《めど》が立たない以上、やむを得ない措置であった。

ともするといつもより抑え気味になりそうな雰囲気を盛り上げたのは、年が明けて四つになったばかりのはや乃であった。はや乃は太夫に手をひかれて輪の中心に連れ出されると、はじめのうちは拙《つたな》いなりにも太夫の後について踊っていたのだが、皆がはやしたてると、この場の主人公は自分であると勘違いしたのか、調子に乗って満面の笑みでヘコヘコと腰をくねらせた。

人々がはや乃の踊りとも呼べないような代物に拍手と歓声を送る中、場の雰囲気から一人とり残された少年がいた。にこやかにわが子を見守る実秋と静音の夫婦に寄り添われるようにして立っているそのこどもは、暮れの上村《かんむら》合戦で討死した四郎秋成の息子、楠丸《くすまる》（のちの隼人）であった。彼は父の死のふた月前にも母親を病で失くしていたため、今は遠近家にひきとられて生活していた。

――自分のおかれた立場をどこまで理解しているのか。

右京は手拍子を刻みながら、変化のない少年の表情を注視した。

親どうしの口約束により、楠丸は将来、目の前の四つ年下の童女を嫁にすることになっていた。それはつまり遠近家の跡取りになるということであるから、実秋は楠丸が元服を迎える頃には手許にひきとって後継者としてふさわしい人物に育てあげるつもりだったのである。だが、両親の相次ぐ死で予定が急遽《きゅうきょ》くりあがった。

楠丸は親の顔を忘れられるほど幼くなく、他人を新しい家族と割り切れるほど成長してもいない。彼がこのどうしようもない状況から逃れる近道はおのれの心を閉ざしてしまうことだろうが、それではなんの解決にもならない。いずれは自分の投げ出された苦境もきちんと認識して受け入れねばならないのである。今、楠丸の見ているのが周りの者たちなのか、それとも瞼《まぶた》の裏に焼きついた両親の姿なのか、右京には分からなかった。

「楠丸君《ぎみ》が気になるか」

右京の視線に気づいた左馬介が、つぶやくように言った。

「まあな」

「気丈な子だ。しっかりしろと自分に言い聞かせているのだろう」

「それがこどものやることか」

「甘く見ない方がいい。こどもはこどもなりに気を遣うものだ」

右京は、楠丸の浮かべるおとなびた表情に、彼の心の空洞を見た。それを埋めるために少年はいつでも背伸びをするだろうし、老成してしまった子供は同じ齢の仲間たちからも浮いてしまう。まして年下のはや乃などは、赤ん坊にも思えてしまうだろう。

「お調子者と仏頂面《ぶっちょうづら》の組み合わせか。しっくりいってくれればいいが……」

「いいが、ではなく、そうなるように気を配れ。親族の中でおまえが一番齢が近いんだからな」

「分かってはいるが……何をすればいいものやら」

そのとき、右京の視線の奥の方から現れた甚助がするすると人だかりをぬって実秋に近づき、背後からなにやらそっと耳打ちした。

実秋は小さくうなずくと、肩越しにひと言ふた言、甚助にささやき返した。

すると甚助はもとのように人の輪を離れ、腰を下ろして主人を待っていたクロガネを引き連れると、またどこかへ去っていった。

「なんだ、甚助の奴」

「探索か何かだろう」

「一人でか？」

「正しくは一人と一匹だ。それ以上はかえって邪魔になる」

「まあな。山の中は特に」

「ならばあいつに任せておけ。やり方は人それぞれだ」

と言って、左馬介は踊り疲れて足許によろけてきたはや乃を拾い上げると、ひょいと肩に乗せて自身も器用に跳ね踊り出した。左右の足をしっかりとつかまれたはや乃は、今度は両腕をはげしく振って狂ったようなはしゃぎようである。

それを呼び水に人々も踊りに加わり、たちまち館の庭は乱舞の巷《ちまた》と化していったが、楠丸だけはなおもどこか遠くにいるようであった。

やがて一通りの万歳の演目が終わると、太夫はニコニコしながらしゃがみこみ、はや乃の頭をそっとなでた。

「こりゃ、踊りの達者な娘さんですなぁ」

はや乃はこたえられぬといった表情で、

「いひひひひひひ」

「妙な笑い方をする娘じゃ」

実秋が呆れたように言うと、人々の間でドッと笑いがはじけた。楠丸がつられて笑うのを見て、右京はほんの少しだけ安堵《あんど》の胸をなで下ろした。

言祝《ことほ》ぎのあとは、例年通りのささやかな饗応《きょうおう》が用意されていた。それは心ばかりのもてなしであると同時に、二人が途次の各地で耳にした世上の噂を肴にするという現実的な目的もともなっている。

「まったく将来が楽しみな娘さんで」

「いっそ芸人の家に生まれてくれれば、さぞかし立派な万歳師になったでしょうになぁ」

右京が酒を注いでやると、赤ら顔の市丸と松若は、かしこまりながらもさらに盃を干して実秋に言った。いつもならば村々を巡回する都合から、決して深酒はしない。芸を離れてもこれほど上機嫌な彼らを見るのは、はじめてのことであった。

「跡取り娘でなければ、好きな道を歩ませてやることもできるのじゃが……」

「いやいや、継げる家があるというのは結構なことですぞ。わたくしどものような根無し草でも、やはり帰れる家は欲しいものです」

松若がしみじみ言うと市丸も、

「こんな世の中ですから、なおさらそう思うのでしょうな。回勤の途次、どこで捕まるか、あるいは殺されるか、知れたことではございません」

「これまでに、そんな目に遭ったことが？」

「何度となく。大抵は銭さえあれば解決するようなことですが」

「信長公はわれらのような諸国往来の芸人にとって、とてもやりやすうございます。万一武田が天下を奪《と》るようなことになったら、きっとまた雨後の竹の子のように手前勝手な関が増えるのでしょうなぁ」

「どうだか。武田の軍勢のおかげで景気のいい所も多いようじゃ」

「さようでございますな。信長公の領内でも口さがない者は、織田家もこれでおしまいだ、などと申しております」

「実際、武田には一度も勝っておらんのだから仕方がない」

「その甲州勢はといえば、三方ヶ原で徳川殿を破ったのち、三河の野田城とか申す小城を囲んだようでございますぞ」

「わざわざ足を止めるまでもないと思うが、行きがけの駄賃ということかの」

「それが揉みつぶすわけでもなく、ゆるゆると金堀衆に穴を掘らせたりしているとか」

「妙だな」

「一説によると信玄公が病を発したとか。この話は、そもそも昨年の出兵が遅れたのもご本人の御気色《みけしき》がすぐれなかったからだというところからはじまっているのですが、もちろん噂に過ぎません。いくらなんでも甲州から都まで一息で攻めのぼるのは無理でございましょうから、まずは新たに広げた領内の民を撫《ぶ》しつつ、徳川殿を威圧しているというのが実情に近いのではないでしょうか」

「膝を屈するのを待っておるのか」

「互いにこれ以上兵を減らさぬまま傘下に加えることができれば、まったく願ったり叶ったりというわけで」

「そううまくいくかの」

「どうでしょうか。いずれにせよ、わたしくどもとしては、仕事さえしやすければ織田でも武田でも構わぬわけで、いくさなど起こらないのが一番でございます」

「いかにも。だが、すでに起きておる」

「さようで。武家に生まれなかったのがせめてものしあわせと思っております……と、これは失礼」

「いや、まったくその通りじゃ。娘の婿はいくさと縁のない男を選びたいところだが、それもままならん。医者や商人では、娘は救えても谷は守れぬゆえ」

「難しゅうございますな」

「そちらもじゃ。簡単な生き方など、どこにもありはせん」

左馬介が酒を注ごうとすると、市丸と松若は手を広げて遮《さえぎ》るそぶりを見せたが、すぐに「ではもう一杯だけ」などと言いながら、喜色満面で盃を差し出した。


二人が少々危うい足どりで居館をあとにすると、実秋は手酌で酒をすすり、まるで独り言のように左馬介に言った。

「彦次郎も欠け落ちたそうじゃ」

「いつのことですか？」

「この二、三日の間だ。昨日のうちにそれらしき報告はきておったが、はっきりと確認がとれるのを待っておった。それでさきほど甚助が報せに来た」

「五郎左どのは何も?」

「今のところはな。表沙汰にする前に、自分たちで探そうとするはずじゃ。五郎左どのはすでに彦左衛門という惣領息子に二度去られ、このうえ彦次郎もとなれば、その悲しみは想像するに余りある。遠近衆を率いる身として甘いのは重々承知しておるが、同じ子を持つ親として、幾分の猶予は与えてやりたいのだ」

「山籠もりに嫌気がさしただけなら、そう気にすることもありません。しかし、欠け落ちた者どもが不穏なことを企んでいる危険性もありましょう」

「甚助がクロをつかって捜索しようかと言ってきたのじゃが、それはやめておいた。わしらが見つけた場合、咎めなしというわけにはいかん」

「山狩りはかえって彼らを追いつめ、暴発させることにもなりかねません。いったんは様子を見るということでよいかと思います」

「本当はそうも言っておられんのだがな。欠け落ちた者は分かっているだけでも二十人近くになる。爺さん婆さんはともかく、門徒の若い連中は年寄衆《おとな》の決定に不満を抱いていなくなった可能性が高い。違うか、左馬?」

「そうかもしれません。身内の恥をさらすようですが、杉下の門徒からも欠け落ちが出はじめておりますし、状況次第でさらに増える恐れがあります。門徒の焦燥《しょうそう》を父がなだめているところですが、山籠もりもすでにふた月となり、その上いつまでつづくものやら、まるで見通しが立たぬのでは、今しばらくの辛抱ということばにも説得力がありません」

「門徒の方でも主だった者は勝三郎とともに岩村表に出ておるゆえ、谷に残った者だけでの蜂起は難しかろうが、武田の軍勢を呼び込むとなれば話は別じゃ」

「それでももそっと人数が必要かと」

「うむ。ただ、はじめは少数の若者でも、周りに火がうつってしまえばもはや抑えがきかん。皆カラカラの枯れ草のようになっているからな。なんとか火種を大きくせぬよう、新衛門どのと五郎左どのには重しになっていてもらいたい」

「しかと伝えましょう」

「……おまえたち、正直なところ、今なら織田と武田とどちらを選ぶ？」

「兄上らしくもない。日和見と言われようが、二股と謗《そし》られようが、生き残るべくこうしているのでしょう」

「そう真に受けるな。もしもの話だ」

「ならば武田です。せいぜい六分四分というところですが」

「左馬介はどうじゃ」

「右に同じです。世上で言われているほど、両者の勢いに差があるとは思えません」

「そうか」

「兄上はどうなのです。本心ではどう思っているのです」

「わしはな……一見不利でも、信長公の運に賭ける。博打をうつなら九分一分で織田じゃ。根拠のない確信ゆえ、ついてこいとは言えんがな」

盃をあおる実秋の横顔に、鬼気迫る気配が漂っていた。

右京の背筋に悪寒が走った。

——武田は負ける。

なぜかそれは、ほとんど自明のことのように思われた。

九

遠近谷に、太夫の言っていた野田城陥落の報《しら》せはなかなか届かなかった。

実は昨年の暮れから、信長包囲網にも大きな破綻《はたん》の兆しが見えていた。浅井《あざい》氏とともに近江で信長と対峙《たいじ》していた越前の朝倉が、何を思ったか国許へ兵をひきあげてしまったのである。朝倉の兵力は包囲網に加わる大名家としては武田に次ぐ大きさで、これが欠ければ信長を畿内に張りつけておくことは困難になる。雪で帰路をふさがれる恐れ、家中の閨閥《けいばつ》争い、長期対陣の疲れ、理由はいろいろ考えられるが、どれも言い訳にはならない。

信長の動員しうる最大兵力は武田の二倍から三倍にもおよび、いかにいくさ巧者で知られる信玄とはいえ、単独で信長を倒すことは不可能に近い。その意味で朝倉の撤退はほとんど致命的ですらあった。期待するだけ無駄ではあるが、春になって朝倉が再出兵してくれることに一縷《いちる》の望みをかけるしかない。武田の進軍がいっそう慎重になったのには、そんな事情もあったのかもしれない。

だが、当初の怒濤《どとう》の勢いが失われたからといって、それで武田の脅威が去ったわけではなく、相変わらず岩村の秋山からは頻々《ひんぴん》と誘降の触手が伸びていた。

また、門徒にも重ねて檄が届けられていた。比叡山ほどの由緒ある権門《けんもん》ですら焼き討たれた以上、本願寺としても本当にきわどい滅亡の瀬戸際にいるのだと自覚せざるを得なかったろう。中には一見して宗主《しゅうす》の名を騙《かた》った偽文書《ぎもんじょ》と分かるものも混じっており、なりふりかまっていられない地方一揆の必死の思いも聞こえてくるようであった。

やがて春の息吹がここかしこに感じられるようになっても、遠近谷をおおう緊張が薄れることはなく、先行きの見えないままで山籠りを強いられてきた人々の焦燥感は、限界に達していた。

十

右京が顔を洗おうと井戸端に出ると、塀のそばの梅の木陰に左馬介とおひさの姿が見えた。

逢い引きを覗くような悪趣味なことはすまいと、右京は気にせず諸肌《もろはだ》を脱ぐと、かじかむ両手でずしりと手応えのある釣瓶《つるべ》を引き上げ、盥《たらい》に水を汲み入れた。そしてそこから掌ですくった水を叩きつけるようにして顔を洗っていると、いつのまにか左馬介が目の前に立っているのに気がついた。

「よう」

たった一言だが、左馬介の声にいつもの張りがなかった。

「どうした」

「おまえにとって、一番大切なものはなんだ？」

右京は手を止めて顔を上げた。おひさの姿はすでにどこにもなかった。

「唐突だな」

「時間がないのだ。回りくどいことは言っていられん」

「ふむ、一概には答えられんな。ものごとそれぞれ、大切さの質が違う」

右京はいったん井戸枠に乗せておいた釣瓶をムズとつかむと、盥に水を注《つ》ぎ足した。

「例えば、水と空気はどちらが大切だ？　父と母はどちらが大切だ？　おまえが期待する答えを言うのとおれの気持ちに正直に答えるのと、どちらが大切だ？　なあ左馬、おまえの聞きたいのはそんなことじゃないんだろう」

左馬介が何か心に期するところがあることは、皆まで言わずとも分かった。胸裡《きょうり》の葛藤《かっとう》が問いそのものに如実《にょじつ》に現れている。

「……まだはっきりとは言えんが、おれの親父も折れそうだ」

「若い連中のつきあげに、ということか？」

「そうだ。彼らに思いとどまるよう再三説得していたが、逆にいっこうに怯《ひる》まない連中の熱にあてられたようだ」

「新衛門どのだけか」

「まさか。親父が蜂起に回れば、何十人という門徒がついていくことになる。どれもこれもおれの見知った顔だ。よもやとは思うが、五郎左どのの方は大丈夫だろうな」

「そういう話は入ってきていない。だが彦次郎は相変わらず見つかっておらんし、あれからも五、六人が欠け落ちた。安心はできんな」

「頼む。おれに少しだけ親父と話す時間を与えてくれ。わずかでも可能性があるかぎり、諦めたくはない」

「兄上には黙っていろというのか」

「無理な願いだということは分かっておる。が、うまくいかねば、どうせ明日には露見するのだ。一晩でいい。頼む」

右京は友として、左馬介の努力を助けてやりたかった。その一方で遠近家の人間として、争いの火種から煙があがっているのを見過ごすことはできなかった。

「兄上に告げたとしても……きっとおれと同じ答えだろうな」

「やはりだめか」

「行け。死ぬ気でやるだけやってみろ」

「すまん」

「一晩限りだぞ。いつまでも兄上に黙っているわけにはいかん」

「恩に着る」

「早くしろ。のんびりしている余裕などないぞ」

すばやく踵《きびす》を返した左馬介に、右京が無言で問うた。

――おまえにとって一番大切なものはなんだ？

当然、左馬介の背中は何も答えず、あっという間に見えなくなった。

右京は汲み上げた冷や水で、なおもくりかえし叩きつけるように顔を洗った。むきだしの上半身に滴がはげしく飛び散って、右京がたてつづけにくしゃみをすると、そのあとで鼻腔《びこう》に梅の淡い香が広がった。

十一

翌朝、実秋から呼び出しがかかった瞬間から、右京は覚悟ができていた。

右京が出頭すると、実秋の隣に妙円が寺男《じなん》をしたがえて座っていた。そして部屋の片隅では甚助が鉄炮を抱くようにして胡座《あぐら》をかいていた。

「ありったけの人数を率いて常念寺へ向かえ」

実秋が張りつめた口調で言った。

「一部の門徒がしびれをきらして蜂起した。ぐずぐずしていると人数が増える一方じゃ」

つづいて妙円が自嘲気味にぎこちなく笑い、

「明け方から一人、二人と姿を現しはじめた門徒が、三十人ほどにまでふくれあがるのにさほどの時間は要さなかった。わしが寺を追い出されたのも、あっという間じゃった」

常念寺に集結した門徒の中には、大賀の彦次郎や杉下の新衛門の姿も含まれていた。彼らが中心となって呼びかければ、五十人、百人という規模に達するのも時間の問題である。

「叩くなら小規模なうちがいいとはいえ、ことを急《せ》いてはいかん。まずは動きを封じることを第一に考えて、いきなりこちらから仕掛けるような愚はおかすな」

「分かっております」

そもそも、遠近衆の大半は勝三郎とともに岩村表に出張している。残った者でも門徒はあてにならない。即座に動かし得るのは居館の郎党であるが、彼らをかき集めたところで二十人ほどにしかならない。しかも右京と同じように実戦経験の浅い若者が多く、一揆鎮圧が不可能とは言わないが、その場合はこちらも相当の犠牲を覚悟しなければならない。これ以上膨張せぬよう、牽制《けんせい》するにとどめておくのが賢明であろう。

「血を見るような手段は極力とりたくない。そんなことをすれば、たとえ押さえつけるのに成功しても禍根《かこん》を残す」

「やむを得ぬ場合は、構いませぬな?」

実秋の思いもよく分かるが、右京にはいまさら説得が通じるとは思えなかった。五郎左や新衛門の説得も奏効せず、妙円でさえ何もできなかったというのに、武装した集団が押し寄せて彼らが警戒を解くはずがない。

「……そのときは新衛門を狙え。甚助なら狙撃できるだろう」

「姿さえ拝めれば」

甚助がぼそりと言った。

「そうならないことを願いたいですな……」

右京は、左馬介のためにも、というあとの言葉をのみ込んだ。左馬介は今、どこで何をしているのだろうか。

右京はおのれの力を発揮できる場として、いくさに出たいと思ってきた。誰かを守るために、何かの役に立って死ぬのなら、それも本望だと思ってきた。だが、お互いの思いがあまりにもすれ違っていた。

――初陣から敵味方なんて、勘弁してくれよ。

せめて左馬介を斬らずに済むよう、右京は信じてもいない神仏に祈った。


武装した人数が揃って館をあとにするまで、四半刻とかからなかった。

見送る女たちも、いつものかまびすしさがすっかり影をひそめ、水を打ったように静まりかえって一様に不安げな表情を浮かべていた。郎党の家族もいれば、門徒の親類縁者を持つ者もいる。狭い谷が二つに割れれば、無関係でいられる者などいなかった。

おひさは遠慮がちに、同輩たちの後ろからこちらを見ていた。

右京が目の前を通り過ぎようとしたとき、そのおひさがほんの一瞬だけ射るような視線を向けた。あの人にもしものことがあったなら、決して許さない。十六の小娘のものとも思えぬおとなびた眸《ひとみ》は、そう言っているようであった。

――いとしい女にこんな目をさせてまで、おまえが守りたいものとはなんなのだ。

右京は改めて左馬介に問いたかった。

そんな右京の隣に、クロを連れた甚助が肩を並べて言った。

「おれはあんたを助けるのが役目だ。何よりもあんたの身を優先させる。そのために他の誰かを犠牲にしてもだ。クロにもちゃんと言って聞かせてある」

自分の名が出たことに気づいてか、クロは様子をうかがうように右京の顔を仰ぎ見た。

「あんたの命が危険だと判断したら、迷わず撃つ。構わないな?」

「いや、おれが指示を出すまでは撃つな。むこうから仕掛けてこないかぎりは、刺激するようなことは控えろ」

「……分かった。約束する」

「クロもだ。いいな」

右京の言葉を理解したとも思えないが、クロは前を向くとそそくさと歩きはじめた。


常念寺の塀の上からは、門徒たちがいくつもの顔をのぞかせていた。

右京は郎党たちに、指示があるまでは決して動かぬよう、きつく申し含めた。人のことを言えた柄《がら》ではないが、臆病な者ほど睨《にら》み合いの緊張感に耐えられず、先に手を出しがちである。戦場経験のない若者ばかりであるから、その不安はなおさらであった。

門徒たちにしても、新衛門など中核になる大人たちを除けば、多くは同年代の若者衆で占められている。暴発の可能性はどちらにもあった。

右京が一人で歩み出ようとすると、クロがつと追い越していって背中越しにふりかえった。

「おまえも行くか?」

そう右京が声をかけて再び前に立つと、クロはその半歩あとをピタリとついてきた。

「腰抜け」

「帰れ!!」

と塀の向こうからまばらな罵声が飛ぶ。

自陣の方を確認すると、郎党たちに動揺する気配はなかった。ただ甚助だけは鉄炮を構え、いつでも放てる姿勢を保っている。

やがて、ちょうど両陣の中ほどまで来たところで、右京は寺門に向かって大声で呼びかけた。

「いかなる理由《わけ》でかような仕儀と相成ったか。申したきことあらば申されよ」

寺内で息を呑む様子がひしひしと伝わってきた。

衆に紛れて罵《ののし》るのは容易だが、まともに名乗り出て返答するにはそれなりの覚悟が必要である。しばしの間をおいて、塀の上にいかつい髭面《ひげづら》が現れた。左馬介の父親の新衛門であった。

「右京どの、ご足労《そくろう》いただきかたじけない。もとよりオヤカタさまに仇《あだ》なすつもりはござらぬが、いささか思うところあって人数を集め申した」

「本願寺の要請に応え、ひいては武田につくと申されるか」

「左様でござる。信長公のやり方には、かねてより疑問を覚えており申した。どうしても本山と織田といずれかを選ばねばならぬのなら、答えはおのずと決まっており申す」

「妙円どのも申されたように、本山とて完璧ではあるまい。非は双方にあるはずだ」

「おっしゃるとおり。本山には、先達《せんだつ》の教えを率先して踏みにじる方もいないわけではありませぬ。大きくなりすぎた門流は、今ではほとんど武門と変わらず、争いを避けるどころか、好んで加わろうとする節もあり申す」

「あなた方はそうではないのか」

「そうだと言われれば、そうでしょう。道はこれだけではないのですからな。だが、われらがあえて蜂起するのは、諸国の同朋《どうぼう》を見るに忍びないからでござる。同じ教えを抱く者が血を流して戦っているというのに、自分たちは安全なところに身を置いて安閑《あんかん》と過ごすなど、心情としてでき申さん」

「谷を血で染めるおつもりか」

「そのようなことは望み申さん。われらはただ……」

「理由はどうあれ、黙認はできん。放っておけばますます人数が増える。山籠もりをしている門徒には動揺が広がり、オヤカタさまの立場も危うくなる。それに、こうしている間も岩村表へ出張っているあなた方の身内の命さえ左右しかねんのですぞ」

とそのとき、寺内がざわめくのが聞こえた。新衛門の視線の先にあった門がわずかに開き、見慣れた男がのそりと出てきた。

予想していたことではあったが、でき得るならば見ないことにしたかった。

右脇に棒をかかえた左馬介はそのまま右京のそばまでやってくると、表情を変えずに言った。

「やはり親父は斬れん」

「そのつもりだったのか」

「場合によってはな。それで多くの命が助かるのなら安いものだ」

「説得はできなかったのだな」

「もう少し時間をくれるか？」

「無理だ。時をおけばおくほど事態は悪くなる」

「だろうな。ならばやむをえん。おれの立場はこうだ」

左馬介は、腰をかがめて「よう」とクロに挨拶をした。

クロは上目づかいに小さく一声吠え、はげしく尻尾を振った。

「答えろ左馬。おまえにとって一番大切なものとはなんだ？」

「親父、と言えば納得するのか？　だが所詮ひとつの答えでしかない」

「おひさはどうなる。あいつの気持ちを知らないわけではあるまい」

「おひさはいい娘《こ》だ。おれなどにはもったいないくらいにな。杉下の惣領ではかなうまいが、勘当《かんどう》息子ならば夫婦《めおと》になっても釣り合わんということはない」

「敵味方になってもか」

「どうだろうな。おれたちは敵味方なのかね？」

「このままいけばそうだ」

「お互いに敵する気はないのに、選んだ手段が違えばそうなるか」

何をごちゃごちゃやっている、という苛立《いらだ》った声が寺内から飛んだ。

左馬介は苦笑し、

「おれは味方と見られていないらしいな。親父があの中にいなければ、オヤカタさまの間諜《かんちょう》としか思われなくても無理はない」

「信仰もなく、信用もされず、それでもおまえは一揆に加わるのか」

「確たる理由があるわけじゃない。しかし、他の門徒たちだって、護法のためとか仏敵信長を倒すためとか言っているが、つきつめれば誰かを守りたい、何かの役に立ちたい、そういう単純な思いにささえられている者が大半だ。根っこにあるものは同じなのに、どうしてこうなってしまうんだろうな」

「身勝手な感情に走るからだ。そうならんために寄合を開き、十全とは言わないまでも次善の策を決めたのだろうが」

「確かに寄合の決定に背いた。その非は明らかだ。だがな……」

右京は左馬介の言葉を手ぶりで制した。

二人の頭上をとげとげしい言葉が行き交いはじめていた。

背後では、門徒から重ねて嘲笑を浴びせられた郎党が、怒りをむき出しにして罵詈《ばり》で応じていた。

「どうやらこれまでだ。おまえも戻ったほうがいい。一つだけ言っておくが、おれは真っ先に新衛門どのを狙うぞ。結果は最悪でも犠牲は最小にとどめたい」

「おれがそうさせん。親父が死んだら、それこそ一揆に加わった意味がなくなる」

「好きにしろ。おれはおれの役目を果たす」

そう言った途端、左馬介の視線が不意に右京からそれた。

右京がつられてそちらを見やると、身構えるクロの鼻先で一匹の蝮《まむし》が頭をもたげて威嚇《いかく》していた。左馬介が蝮を払いのけようと棒を握り、足を踏み出した瞬間、パーン――

という乾いた音とともに、仰《の》け様《ざま》によろめいた。

右京が即座にふりかえると、甚助のかかえる銃口から、かすかに煙があがっているのが見えた。

――くそっ！

甚助は右京の身を第一にするという言葉どおり、たとえ相手が左馬介であっても、躊躇《ちゅうちょ》することなくひきがねを引いたのであった。

あわてて門徒側の銃手も応戦したが、弾は右京の身体にかすりもしなかった。

逆にすばやく弾込めをおえた甚助が、第二射で正確に敵の銃手を撃ち落とした。

寺内はにわかに怒号で沸きたち、武器を手にした門徒たちが、一切に門から飛び出してきた。

郎党たちも、右京の厳命を無視して奔《はし》り出していた。

クロはなおも蝮と睨みあっていた。

一間《いっけん》先では、左馬介が左肩を押さえてうずくまっていた。その手の下で赤い染みが広がり、指の間から筋となって流れ落ちた。

「大丈夫か？」

「さすが甚助だな。殺さんようにうまく撃ちおる」

右京は左馬介の傍らにころがる棒を拾い上げると、蝮の頭を叩き割った。

クロがビクリと体を震わせて、右京の表情を仰ぎ見た。

門徒の方をひたと睨みつける右京に左馬介は、

「どうする気だ？」

と、しぼり出すような声で問うた。

「どうもこうもあるか」

右京はそう言うと腹の底から咆哮《ほうこう》をあげ、一直線に打ちかかっていった。

またたく間に近づいてくる門徒の若者一人ひとりの緊張でこわばった顔が、手に取るように鮮明に見えた。たとえ感情のたがをはずしても、瞳の奥に潜む怯《おび》えの色は隠しようがない。

右京は先頭の二人をともにこめかみへの一撃で昏倒《こんとう》させると、三人目の腹にも力まかせに突きを入れた。鈍い感触が手から消えぬうちに、相手の若者は膝から折れ、ズルズルと前のめりに倒れた。

まさか右京が一騎駆けするとは思っていなかったのか、出端《でばな》をくじかれた門徒らの足が鈍った。すると、ひときわ落ち着いた細身の若者が、黒鞘《くろざや》に包まれた刀を抜き払って右京の懐へ飛びこんできた。大賀の彦次郎であった。

右京は軽く体《たい》をひらいて棒でいなすと、すれ違いざま、よろめいて隙のできた相手の腰から短刀を奪った。そして彦次郎が踏みとどまって正対した瞬間、

「青びょうたんが、似合わぬことをするな！」

右京は持て余しぎみに刀を握る相手の小手先めがけて、短刀を力いっぱい撥《は》ねあげた。

顔に鮮血がふりかかり、ボトリと音をたてて彦次郎の手首が落ちた。

右京は蒼白になった彦次郎を尻目に短刀を投げ捨て、さらに浮き足立った門徒勢を修羅《しゅら》の形相で追い討った。

武器を放り出して逃げる者も、狼狽《ろうばい》して足がもつれた者も、容赦《ようしゃ》なく打ち据えた。

門徒らの大半が門内に逃げこんだ頃になって、ようやく郎党たちが追いついた。

「ご無事でございますか？」

駆け寄ろうとする郎党を、右京はまたも棒で一閃した。

「な、なにをなさる⁉」

「お味方でございますぞ！」

——味方か……。

右京はわけも分からず立ちつくす郎党たちに、次々と襲いかかった。

甚助は、右京と目があうやニヤリと不敵に笑い、

「逃げろ！」

と周りに撤退を促しながら、一目散に逃げをうった。

見渡すと、常念寺の門前にはうめき声を上げる怪我人が点々としていた。

右京は棒をかたく握りしめると、片手で足許に叩きつけた。

そして、どこへともなく駆け出した。

胸には左馬介の青ざめた表情が焼きついていた。

けたたましい犬の鳴き声が、谷の中をこだましていた。

右京はこの日、故郷を捨てた。

以来十年近くもの間、遠近谷に帰ることはなかった。

武田信玄は、ほどなくして信州駒場《こまんば》で没した。享年五十三歳。肺の病であったと伝えられる。また、のちに岩村城を奪回した信長は、落城とともに捕らえた実の叔母を、城主である夫ともども磔刑《たっけい》に処した。

兄弟妹（はや乃、昔の傷に触れる）

一

燕沢《つばめざわ》に入るとすぐに、大賀の本家が正面に見えた。

はや乃は、足どりが急に重くなるのを感じたが、あえて背筋をピシリとのばし、まっすぐ前を見据えるように歩みを進めた。気おくれを自分で認めるのは癪《しゃく》であった。

本家へとつづく一本道の両側に区画の整った畠が並んでおり、手前のまっさらな一画では、数人の男女が土を掘り返しながら丁寧《ていねい》に堆肥《たいひ》を混ぜ込んでいっていた。

その隣で、片手で器用に鍬をあやつる男の姿が目にとまった。

こちらから声をかけるまでもなく、視線に気づいた男が畝《うね》をきっていた鍬を放り出し、進んではや乃に話しかけてきた。

「これはようこそおいでくださいました」

偽りのない笑顔で朴訥《ぼくとつ》に語る男の左手は、手首から先がなかった。大賀の次男の彦次郎である。かつての遠近衆の分裂危機を招いた中心人物の一人であり、また、おかよの実兄でもある。

「萩丸さまはご一緒でないのですか？」

「ぐっすり寝ています。あまり長居はできませんが……」

「今日は何かご用の向きで」

「少し話を聞かせて欲しいのです」

「わたくしにですか？」

「そうです」

「おっしゃっていただければ、こちらから参りましたものを。とりあえずここではなんですから、屋敷の方に参りましょう。よろしいですか？」

はや乃がうなずくと、彦次郎は鍬を拾いあげ、ひょいと肩に乗せた。

「では」

ゆっくりと歩き出した彦次郎の背中に、はや乃は黙ってついていった。

しばらくすると彦次郎が一瞬ふりかえって、作業をつづける女たちとの距離を確認したように見えた。

「話というのは……おかよのことでしょうか」

「それもあります」

「申し訳ありません。妹の不始末は兄のわたくしにも責任がございます」

「しかたありません。もとはわたしが手を出したのですから」

「とんでもない。しかも母までもが、燕沢の女衆をかき集めておかよに肩入れすると息巻いておりまして」

「順調に事が運んでいるようですね」

彦次郎は下げかけた頭を突き返されたかのように、キョトンとした表情を浮かべ、

「順調……と申されますと」

「今頃わたしの祖母も、同じことをしているはずです」

はや乃は怪訝《けげん》な色の消えない彦次郎に、

「いいのです。これはあくまでもおなごどうしの話。殿方が気をもまれる必要はありません。そんなことよりも、わたしが聞きたいのは十五年前のことです」

「十五年前……」

一瞬、探るような目をしていた彦次郎が、ふっと真顔になった。

「それでわたくしに……。しかし、なぜいまさらになって」

「わたしにはいまさらではないからです」

「なるほど……。そうですね。確かにあのとき、はや乃さまはまだ三つ四つに過ぎませんでしたな。それでは覚えておられるはずもない。かく言うわたくしですら、半ばは忘れかけていたのですから」

「忘れられるものですか?」

「もう、門徒と遠近家の間にわだかまりはないはずです」

「あなた自身はどうなのです。左手を奪った相手を、憎いと思わないのですか?」

「右京どのをですか。すべて昔の話ですよ」

彦次郎がこころなしか足を速めたように感じた。

「当時は憎んだのですね」

「どうでしょうか。それこそ、先に手を出したのはわたくしでしたから」

口数の減った彦次郎は、はや乃を道場の方へ案内した。

道場といっても、特別な装飾は何もない。間口、奥行きともに五、六間程度で、茅葺《かやぶ》き屋根のこぢんまりしたものである。柱や板の色合は年季を感じさせるが、かしいだり朽ちたりしたところはなかった。

「どうぞお上がりください」

彦次郎は入り口の障子を開け放つと、脇に退《の》いてはや乃を促した。

薄暗い堂内の正面に、二幅《ふく》の掛け軸がかかっていた。門徒にとって何よりも大切な阿弥陀絵像と南無阿弥陀仏の六字名号《みょうごう》である。

はや乃が奥へと進むと、彦次郎は左右の障子も一枚ずつ開けた。

「寒くはありませんか?」

「ええ。大丈夫です」

午後の陽ざしがやわらかに屋内へと射しこんでいた。

彦次郎は掛け軸の前に膝を折ると、手を合わせて念仏をくりかえした。そしてはや乃に背を向けたまま、

「あのときのこととおっしゃいましたね」

「ええ。門徒の立場から、率直なところを聞かせて欲しいのです」

「それはおかよのことと関係があるのでしょうか?」

「……きっかけはそうです」

「実のところ、関係はあるのです。あのことがなければ、おかよが隼人さまと情を通じることもなかったろうと、わたくしは思っております」

向き直った彦次郎の瞳が、深い哀しみの色をたたえていた。はや乃はそんな目を、以前に見たことがあるような気がした。

「わたしが知りたいのは、何があったのか、なぜ起こったのかということです」

「あのとき門徒をとりまとめたのは杉下の新衛門どのでしたが、すでにお亡くなりになっています。あくまでわたくしの立場でしか申せませんが、それでも構いませんか?」

「ええ。あなたのことばでどうぞ」

左馬介の父親である新衛門は、七年前に高熱を発して他界した。現在、杉下の家を継いで新衛門を名乗っているのは、左馬介の弟である。

「おそらくはじまりは、この道場でした」

はや乃はぐるりと堂内を見渡した。きれいに磨かれた床の上には、塵ひとつ落ちていなかった。

「本山からの檄をどう受けとめるべきか、私たち親子や主だった門徒が集まって寄合を持ちました。当然ながら、すぐに結論は出ませんでした。大坂や長島のように、門徒が大きな勢力を保っている地域ならともかく、こんなへんぴな片田舎で兵を挙げれば、たちまち孤立してしまうことは目に見えていました」

「それが秋口のことですね」

「そうです。本山はその二年前に信長公と訣別《けつべつ》して以来、諸国に檄を飛ばしていました。遠近谷にまで檄が届いたのは、あの年の秋、甲斐の武田の西上が確実になったからです。織田家の最前線に近いところで門徒が騒げば、武田の進軍を容易にします。わたくしたちは、本当に武田がやってくるのか、様子をうかがうことにいたしました」

「オヤカタさまや新衛門どのとは相談しなかったのですか」

「新衛門どのには意見を聞きました。やはりしばらくは様子見ということでしたが、どちらかというと蜂起には反対のようでした。オヤカタさまにはあえて申し上げる必要もないと思いました。これはあくまでも門徒内の問題であって、遠近衆全体の話ではありませんでしたから」

「しかし、蜂起すれば他の遠近衆にも大変な影響を及ぼしたはずです」

「あの頃のわたくしには、そういうところが見えにくくなっていたのでしょうね。見も知らぬ諸国の同朋《どうぼう》の苦しみは想像することができても、オヤカタさまの苦衷《くちゅう》まではなかなか理解できなかったのです」

「結局は蜂起せぬという申し合わせに、あなたも同意したと聞きました」

「父の判断に逆らうつもりはありませんでした。右京どのがこちらへ説得にこられた折にも、わたくしは父の意見に素直に従いました。内心はまったく不満だらけであったにもかかわらずです」

「信仰よりも実利をとるということがですか？」

「いえ。むしろ実利をとり損ねると思ったのです。当時、信長公の進退は窮《きわ》まったと噂されていました。

武田の強さはこの世ならぬもののように喧伝《けんでん》されておりましたし、わたくしはそれを信じておりました。今思えば、あのような噂は武田自身が流していたのでしょうが……」

「それで欠け落ちを?」

「そう言ってしまうと、少々飛躍しすぎかも知れません。武田は思ったほどすぐには攻めこんできませんでしたから、実利という点ではあてがはずれたようなところもありました。年寄衆《おとな》が寄合で二股を決め込んだことも、はじめは卑怯に思いましたが、徐々に実感として受け容れられるようになっていました。山籠もりの生活が退屈だったのは間違いありませんが、それとて慣れればさほど苦にはなりませんでした」

「では、何が直接のきっかけとなったのです?」

「そうですね……。強いてあげれば兄の存在でしょうか。五年間もほとんど音信不通だった兄が、突然姿を現したのです。あの年の報恩講《ほうおんこう》に合わせてのことでした」

彦次郎が障子の間から外の景色を見やった。

かすかな微笑をたたえるその横顔は、どこか寂しげな翳《かげ》におおわれていた。

二

「うひゃあ」

彦次郎のそばで、こどもたちが歓声をあげた。

掌中に大事そうに抱えられたお椀から、クラクラするような甘い湯気が立ち昇っている。汁の中では黒光りする粒が肩を寄せあっており、箸でかき分けると小さな白玉がいくつも顔をのぞかせた。今日のお斎《とき》はぜんざいである。

「おれもこれが楽しみだった」

隣にたたずむ彦左衛門が、にこやかに言った。その旅塵《りょじん》にまみれた法衣《ほうえ》からのぞく手にも、白木の椀が乗せられている。唯心という法名を得ても、頭をすっかり丸めていても、兄はやはり兄のままであった。

十一月二十八日は親鸞聖人《しんらんしょうにん》の祥月命日《しょうつきめいにち》であり、この時期には毎年、報恩講が催される。報恩講とは、阿弥陀仏の恩および、それを伝えた釈迦《しゃか》、先達《せんだつ》の高僧らの恩に報いる行事である。本山では二十一日から二十八日にかけて七昼夜勤行《ごんぎょう》をおこなうため、お七夜ともいう。

遠近谷の報恩講は、通常だと二十六日からの三日間行われ、朝夕二回の勤行をくりかえし、それぞれのお勤めのあとにお斎《とき》（朝食）、お非時《ひじ》（夕食）が饗《きょう》された。常念寺で行う初日の勤行には、村の主だった者しか参加を許されず、村中の門徒が分け隔《へだ》てなく参集するのは翌日以降である。二日目、三日目は大賀と杉下の道場が会場となり、順番も年ごとに入れ替わることになっていた。

道場にあがって勤行を行うのはおとなたちだけであるが、お斎とお非時はこどもたちにもふるまわれる。山盛りの白い飯など、普段ではおよそ口にすることのできないごちそうにありつけるとあって、こどもたちは勿論、実際はおとなたちも口中につばをためこんでいまや遅しとふるまいに移るのを待っていた。例年ならば、である。

今年は織田と武田のいくさのために山籠もりをつづけており、すべてが間に合わせにならざるをえなかった。勤行は信心さえあればどこでもできるため大して障りはなかったが、問題はふるまいであった。材料も人数も揃わず、やむなく省略する予定だったのだが、いつもと変わらない行いはいつもと変わらない心を取り戻させる、という五郎左の一声によって、三日目のお斎だけはふるまわれることになったのである。

充分な量が全員にいきわたったとは言えないが、口にできる喜びはひとしおであった。山籠もりで何よりも欠けていた和やかな雰囲気が、そこここにあふれていた。

だが彦次郎は、父がぜんざいを作らせたのは、もっと個人的な理由であるような気がした。

――なんだかんだといっても、やはり親馬鹿なのだ。

母が周囲の目も気にせず、涙をこぼして兄を迎え入れたのとは異なり、父は断りもなく家を飛び出したあげく、ろくに便りもよこさなかった息子を表だって歓迎はしなかった。

大賀の家の当主という意識がそうさせるのか、普段から父が身も世もなく喜怒哀楽を表すことはほとんどない。遠回しにお斎でもてなすことが、父にとっては精一杯の愛情表現なのかもしれなかった。

彦次郎は兄と並んでぜんざいを口に運びながら、記憶の中に埋もれていた感覚をかみしめていた。こどもの頃の七つは、途方もなく大きな隔たりである。年上の兄はいつでもずっと先にいて、どんなに必死に追いかけても、その間に一歩も二歩も遠くへ行ってしまうような気がした。今もこうして横に腰を下ろしていながら、目を離した隙にまたいなくなってしまうのではないかという不安が消えなかった。

そしてそれを問いただすのはさらに怖かった。

兄は母や女たちの下にも置かない扱いを鬱陶《うっとう》しがることもなく、いやな顔ひとつせずに応じていた。そして誰も兄に重要なことを問いただそうとはしないまま、報恩講の最後の夜は何ごともなく更けていった。

彦次郎は夜中にふと目を覚ますと、なぜか無性に胸がさわいだ。周りの人間を起こさぬよう音を立てずに山小屋の戸を開けると、かすかな月明かりを頼りにそっと歩み出た。

吐く息が月光を浴びてほのかに白み、風が吹くと手足が縮こまる思いであった。

肩をすぼめて厠《かわや》へ行くと、そこに兄の背中があった。

「よう」

兄は尾籠《びろう》な音をたてながら、よそ見をせずに言った。

彦次郎は答えることばを思いつかず、兄の後で黙って用を足した。

ほっと一息ついた彦次郎を、彦左衛門が柵の脇で待っていた。

「昔はよくこうして連れだってしたもんだな」

「そうですね」

「他人行儀だな」

「そんなことはありませんよ」

「そうかね。まあいい」

「兄さんはこのまま残るつもりですか？」

彦次郎の唐突な問いに、兄は動ずる気配もなく、

「いや。ここはもう、おれのいる場所ではない」

「母上が悲しまれますよ。何も言いませんが父上だって」

「おまえはどうだ?」

「できれば残って欲しいと思います。ですが……」

「なんだ」

「残る気などないことは、はじめから分かっていたような気がします。ただそう思いたくなかっただけで」

「弟にそんなことを言われると、こちらが悲しくなるな」

「すぐに行くのですか?」

「明日には消える」

「そうですか……」

「遠近谷の門徒にも、蜂起を促す檄が届けられただろう?」

「はい。それで何度か寄合が持たれました。門徒としてどうするか。遠近衆としてどうするか」

「どちらにせよ、本山の指示には従わないことにしたのだな」

「そうです。情勢次第という含みはありますが、とりあえずは今まで通り織田家に従うことになりました」

「みな納得しているのか」

「必ずしも。特に若い世代の門徒からは、不満が洩れています」

「おまえはどうなんだ」

「分かりません」

「それは本当に分からないのか、それとも答える立場にないということなのか、どっちだ？」

「どちらも同じことです」

「決めるのは自分でないからか。おまえは昔からそうだったな。こどものくせに妙に遠慮したり、気を遣ったりするところがあった。それでいてちゃんと考えることは考えている。かわいげがないという人もいたが、おれは感心していたよ。大賀の家を継ぐのはおれよりもおまえの方が相応《ふさわ》しいと思っておった」

「まさか。買いかぶりですよ」

「同じことだろう。おれがいなければ、結局、跡を継ぐのはおまえだ」

身を切るような肌寒さが、彦次郎の身体にしみこんできていた。

「……叡山《えいざん》の焼き討ちは知っているか」

「話には聞きました」

「遠近衆も寄せ手に加わっていたな？」

「父上もその中にいたはずです」

「話は父上からか」

「いえ、誰からともなく」

「そうか。あのときおれは近江《おうみ》にいた。山が燃えている様子は、いやでも目に入った。それはもう、壮観なものだ。炎が全山をなめ尽くしたあとも、くすぶりつづける煙の音が聞こえてくるようだった」

一年前の秋、信長は比叡山を焼き討った。

従軍した遠近衆の面々は一人も死傷者を出すことなく、多くの土産を持って帰ってきた。

——楽な仕事だったのだ。

彦次郎は単純にそう思っていた。

「山法師の堕落は誰でも知っていることだ。権威を笠に着て、誰にも手が出せないと思い上がっていた。戒律破りを屁とも思わず、魚肉を喰らい、酒をあおり、女を囲っていた。罰せられるのは当然といえば当然だった。信長は誰かれ構わず、山内にいるものはすべて殺した。それこそ猫でも犬でもという勢いでな。中には立派な僧侶もいたろうが、周囲の堕落を止められなければ同罪とみなされても仕方がない。ともに酒色におぼれていた女たちもそうだ。こどもたちとて、生かしておけば織田に恨みを抱きかねん。災いの芽はつんでおくにしかずだ。だがな……」

兄はふぅっとひとつ息をつくと、わずかに身震いした。

「権力者が時に非情な決断を下さねばならないことは分かる。それは分かるがな、焼け跡で目にした光景は忘れられん。年老いた夫が妻をかばうように背を丸めて、二人とも黒こげになっている姿。年端《としは》もいかぬこどもの、頸《くび》のない身体。おれは天下人でもなければ武士でもない。情に流されても構わん。本山が信長討つべしの声をあげなくとも、どのみち身を投ずるはずだった道だ。信長の天下など見たくもない」

「遠近谷の門徒も起《た》つべきだというのですか？」

「いいや。軽々しい判断はよせ。背負うものの大きな人間は、情に流されてはいかん。父上や年寄衆《おとな》の判断はもっともだし、それに従うというおまえの考えも間違っていない」

「しかし、と言いたいのでしょう」

「今の本山は教えをねじ曲げているかもしれんが、本当に信心より大切なものはないのか？　念仏さえ唱えていればそれでいいのか？」

「…………」

「宗祖《しゅうそ》も生涯迷われた。おのれのあまりの俗くささにな。そして何度も間違われた。そのたびに、死にたいほどわが身を恥じただろう。ましておれやおまえなどに分かるか。いずれが正しい道かなど」

彦次郎は凍える身体で山小屋に戻ると、ギュッと縮こまって目をつぶった。

夜が明けたとき、兄の姿はすでになかった。

見張りに立っていた若者も、同時にいなくなっていた。

ちらほらと欠け落ちる者が出はじめたのは、これからのことであった。

三

「兄が種を蒔《ま》いたのでしょう。少なくともわたくしの胸の裡《うち》には、しっかりと根を下ろしていきました」

「ただちに蜂起につながった、というわけではないのですね？」

「そうです。わたくしも迷いました。年末にかけて、武田の脅威は日増しに強くなっていきました。信長公を倒すという兄の言葉が、かなり真実味を帯びてきたのです。隼人さまのお父上が討死なされたのも、その頃でした」

隼人は父の四郎秋成が戦死したのち、父の従兄にあたる本家の実秋の手許にひきとられて育った。その頃はまだ楠丸と呼ばれていたが、はや乃が物心ついたときから楠丸はいつでもそばにいた。ままごと相手がそのまま夫になり、父になり、もうじき当主になろうとしている。夫が遠近家の人間でないと思ったことなど、一度もなかった。

だが本人はどうであろうか。死んだ父親の決めた許婚《いいなずけ》の家の猶子《ゆうし》となり、婿となり、同族とはいえ他家の跡を継ぐ。夫に居場所はあったろうか。夫の心は満たされていただろうか。夫は父になることになじめたであろうか。はや乃には分からなかった。

「父は寄合での決定を尊重すると言うばかりで、当時のわたくしには現実から目をそらしているように思えました。叡山焼き討ちのことも尋ねました。兄の言った通りのことがあったとしても、父を責めるつもりはありませんでした。ただ、父の口から何があったかを聞きたかっただけのことです。父はことばを濁《にご》し、ろくに答えようとはしませんでした。わたくしが欠け落ちたのは、その日の夜更けでした」

「お父上への不満がきっかけに？」

「いいえ、そのときはもう怒りもしませんでしたし、むしろサバサバしたものでした。父と子であっても、結局は他人なのだな、と腑に落ちたのでしょう。父は父の思うようにやればいいし、わたくしはわたくしなりに動けばいい。兄はずっと前からそうしていたわけですから」

「対立を生むことは覚悟の上だったのですか？」

「決して本意ではありませんが、ある程度はやむを得ないと思っておりました。こちらに敵意がなくとも、オヤカタさまをはじめ、ほとんどの年寄衆《おとな》に背くことには変わりがありません。対立どころか孤立してもおかしくなかったのです。新衛門どのの同調は、正直言ってあまり期待しておりませんでしたから」

「新衛門どのはなぜ？」

「それはあの世の当人に聞いてみないことには分かりかねますが、おそらく左馬介どのがいたからではないでしょうか」

「左馬介どのも一揆に加わったからですか」

「その逆です。新衛門どのの蜂起が失敗しても、左馬介どのは生き残る。そう思ったのではないでしょうか。相手のことを想えば想うほどすれ違っていく。人の思いやりとは、おかしなものですね」

「杉下の門徒の協力がなかったら……」

「機会をうかがっているうちに消滅してしまうか、他の一揆に身を投じるしかなかったでしょう。ですが、最後の一押しをしたのは新衛門どのでもありませんでした。誰でもない。まったくの偶然だったのです。わたくしや新衛門どのは、それに引きずり込まれたようなものでした」

四

山小屋を欠け落ちた彦次郎は、熊沢の門徒にかくまわれていた。

熊沢は遠近谷の北東部にある小さな集落で、谷の中でももっとも山深いところにある。街道からははずれているが、この辺りの山に精通した者であれば、間道をぬって信州境へと出ることもできる。住民の大半は猟師を生業《なりわい》としており、それゆえ熱心な門徒の多い地域でもある。

中世において、血や死、獣などと関わる人間は、ケガレた存在として忌避《きひ》された。例えば女性が男性よりも低く見られたのは産褥《さんじょく》や月経がその一因であり、猟師や皮革職人、馬子《まご》、猿回しなども同様に差別の対象となった。

そのような、従来の仏教の教えでも救われがたいとみなされていた人々に手をさしのべたのが、宗祖親鸞であった。彼の唱える悪人正機《しょうき》の考えは、他人に蔑《さげす》まれ、自らを貶《おとし》めていた人の心に光をもたらし、山の民、川の民などの間で爆発的な広がりをみせた。だからこそ遠近谷には門徒が多く、特に熊沢で信仰が篤《あつ》いのである。

彦次郎は他の若者二人とともに、猟師の権造《ごんぞう》の家の裏の物置小屋に隠れていた。

権造たちが時折ここにやってきては、薪、炭、毛皮などを持ち出して市へ売りに出る。それと同時に数日分の食糧を置いていってくれるのだが、その日は明らかに様子が違っていた。表の家の方であわただしい気配がしているのに、すぐに小屋へ入ってこようとはしなかった。

ようやくこちらへ来たときも、いつもなら二、一、二と戸を叩いて合図をするのだが、ただ低い声で「開けてくれ」と言うだけであった。紛れもない権造の声と聞いて彦次郎がそっと戸を開くと、権造は悲壮な表情で「表へ来てくれ」とつぶやいた。これまでになかったことである。

門徒であっても、いつ誰が裏切るとも限らないため、彦次郎たちをかくまっていることは一部の住民しか知らない。外へ出るな、というのならともかく、逆のことを言われるとは思いもしなかった。

彦次郎たちが表の家に向かうと、顔を血だらけにした少年が、むしろの上でぐったりしていた。見れば両のまぶたが腫れ、鼻は曲がり、赤黒くあざになった口許から顎《あご》先にかけて、幾筋もの鮮血の跡が生々しく残っている。権造が実の弟のようにかわいがっている従弟の庄造であった。

「町の奴らにやられた」

と言って膝に乗せたこぶしをふるわせる権造自身も、頬が赤く擦り切れていた。

熊沢の住民への差別的な扱いは、昨日今日にはじまったことではない。市で冷ややかな視線を感じることはひっきりなしであったし、特にこどもたちは露骨に侮蔑《ぶべつ》の態度をとることが少なくなかった。

庄造もそれを無視するくらいの分別はついていた。いつもならガキが鼻をつまんで手をひらひらさせようが、自分たちの身体に指先で触れた途端に笑って走り出そうが、つとめて気にしないようにしていた。

それが今日に限ってこんなことになってしまったのは、はずみとしか言いようがなかった。庄造は長引く山籠もりにいらだちを募らせていたし、町のこどもらもいくさの緊張感に気が大きくなっていた。どちらか一方でも頭を冷やす余裕があれば避けられたことなのに、悪い条件が重なったのである。ともあれ、こどもたちは普段より執拗《しつよう》につきまとい、一人の投げた石が庄造のこめかみに当たった。

庄造はとっさに足許の石を拾って投げ返してしまった。それがはずれていれば、こどもどうしの単なるじゃれあいで済まされることである。しかし、「ギャッ‼」と叫んでのけざまに倒れたこどもの額からは、見た目にも派手に血が噴き出していた。

すぐさま周囲のおとなたちが色めきたって庄造を囲んだ。この時点でも非を認めて詫びていればまだどうにかおさまりがついたはずであるが、はからずも命中してしまったことに動転した庄造は、逆に無言で彼らを睨《ね》めかえした。

それを生意気ととったのか、一人が怒声とともに殴りかかった瞬間、辺りはたちどころに修羅場《しゅらば》と化した。

権造や一緒に来ていた仲間たちは必死に身体を張って抑えようとしたが、槍を持った織田の番士はそばにいたくせに止めに入ろうともしなかった。

やがて興《きょう》を冷ました人々が潮の引くように去ったあとには、動かなくなった少年だけが取り残されていた。かすかにうめく庄造をオロオロと見下ろす権造たちのそばに番士がやってきて、「早く去《い》ね」と言った。権造にはその顔が薄ら笑っているように見え、食ってかかろうとしたところを、別の番士が槍先で制した。

このあまりの仕打ちに恨み骨髄《こつずい》に徹した熊沢の面々は、庄造を背負って帰るや、権造一人を残してただちに決起を促しに飛んだ。

権造の話はおおよそそんなところであった。

彼らの怒りは直接的には町の人間やその番士へのものであって、織田家を敵とみなすのには飛躍がある。だが信長に仏法を敬う気がないのは周知のことであり、それが町の者の差別意識を助長させているとも言えた。

対するに、甲斐の武田は親鸞聖人の教えを奉ずる今の本山を庇護《ひご》している。熊沢の門徒にとって、織田の天下よりも武田の天下の方がはるかに希望に満ちて見えるのは当然であろう。権造たちがそこまで考えたかどうかは分からない。実際、目の前で「もうたくさんだ」とつぶやく権造は、いまだにおのれを取り戻していないように見えた。だが、

――これで事態は転がり出す。

と彦次郎は思った。必要だったのはきっかけであった。自分と同じように思い切りかねていた者たちが、飛び込んでいける場ができるのである。

庄造が苦しげな声を洩らした。

権造はそれを見つめて唇を噛んだ。

彦次郎は、沸きたつ興奮に掌がじっとりと汗ばむのを感じた。

五

「そうして常念寺に集まったのですね」

「動きはじめればあっという間でした。夜のうちに熊沢の門徒がまとまって欠け落ち、身を潜《ひそ》めていた

者たちも、暁闇《ぎょうあん》に紛れてそれぞれ寺に参集いたしました。杉下の父子が若者連中と一緒にやってきたときには、いっせいに意気が上がったものでした」

「妙円どのは何をしていたのです？」

「寝込みを襲われたようなものですから、はじめは唖然としていましたが、すぐに落ち着きを取り戻して門徒をなだめようとしていました」

「追い出されたと聞きましたが」

「説得に応じるくらいなら、蜂起自体を起こさなかったはずです。わたくしたちは聞く耳など持ちませんでした。妙円どのも、身を挺してまで止めようという気はなかったように思います。最後は自ら寺を辞去されましたから」

「そうですか……」

「門徒は全部で四十人近くになったでしょうか。多くがわたくしと同年代の若者でした。もう少し上の人たちは、勝三郎さまとともに岩村方面に出張っておりましたから。そしてある程度人数がまとまったところで、一味神水《いちみじんすい》の儀式を行いました。音頭をとったのは新衛門どのです」

「そこまで準備をしていたのですね」

「そうでもありません。鎮守《ちんじゅ》の社《やしろ》の神水を手に入れている暇はありませんでしたから、水は寺の井戸のものを使いました。ただ、起請文《きしょうもん》の料紙《りょうし》だけはきちんと熊野権現の牛玉宝印《ごおうほういん》を用いました」

「どこでそんなものを？」

「毎年、千秋万歳《せんずまんざい》の太夫《たゆう》と才蔵《さいぞう》がやってまいりますね？」

「ええ」

「彼らですよ。自分たちの売り物である鶴亀紋の護符などに紛れて、そういったものも持ち歩いていたのでしょうね」

太夫の松若は腰を悪くしたとかで三年前に息子に身代《しんだい》を譲っていたが、才蔵の市丸の方は、今年も変わらずに遠近谷を訪れていた。

「だからといって、彼らを不届者と思わないでください。誰にでも裏の顔があります。あの頃は特に、生きるために二股三股をかけておくというのも当然の時勢でしたから……」

ひたすら陽気な万歳の二人組と、裏の顔ということばが、はや乃の中でどうしても結びつかなかった。また来年になれば、きっとそんなことなど忘れて楽しく彼らを迎えることになるのだろう。

「一味神水が終わった直後に右京どのの一団がやってきました。結果はご存じの通りです」

「あなたがたの人数は遠近勢よりも多かったはず。命を落とした人だっていなかったそうではありませんか。だのに、なぜそんな簡単に潰《つい》えたのです。どうして一度くじけたくらいであきらめたのです」

「あの折、わたくしは片手を失い、左馬介どのは肩を撃たれました。仮にどちらかが死んでいれば、門徒の結束は高まったかもしれません。討手《うって》が右京どのでなかった場合も、事情は変わったでしょうね」

「叔父さまだったから、というのですか？」

「あの人はメチャクチャでした。すさまじい勢いで門徒を蹴散らすと、くるりと向きを変えて味方に打ちかかったのですよ。手負いの猪《しし》のような暴れっぷりで、敵も味方もありませんでした。たった一人の手で、双方に相当けが人が出たはずです」

「…………」

はや乃は、右京の大きな身体が自分に向けて突進してくるさまを想像すると、思わず背筋がふるえた。

「あげくのはてに逐電《ちくでん》です。やり返してやろうにも、遠近勢は同じく被害を受けた方だし、当人はどこかへいってしまうし、何やらすっかり鼻白んでしまいました。わたくしたちが命を賭してでもやり遂げようとしていたのは何だったのかと。真剣になっていたことが恥ずかしくさえ思えました」

彦次郎が右京を憎んでいないと言ったことも、まんざら嘘ではないように思えた。右京はそういう感情をすべてご破算にして去っていったのだった。

「自分のやったことは無意味だったと？」

「それは違います。信玄公が死ぬなどとは誰も予想がつかなかったことですし、それさえなければ武田について正解だったはずです。もしかしたら、門徒の蜂起が遠近谷の住民すべてを救うことになったかもしれません。ただ……」

「何です」

「正しいとか間違っているとかいうこととは別に、くだらない、という思いはやはりぬぐえません」

「蜂起したことが、ですか？」

「さあ。自分でもよく分からないのです。くだらない。なにもかもくだらない。とにかくくだらないことをした。漠然とそう感じるのです」

はや乃はなぜか、彦次郎のことばがストンと心に落ちるのを感じた。右京が遠近谷に残していった空気こそ、その漠然としたものであると思った。

「わたくしが言えるのはそれくらいです」

「おかよさんのことと関係があるというのは？」

「や、そうでした。おかよがはや乃さまを投げたという技、あれはわたくしが教えたものです」

「知っています」

「といっても、別にわたくしが考案したわけではありません。谷中の腕自慢を訪ねては教えを請い、これはというものを自分なりに工夫しただけのことです。わたくしはもともと武術に興味がありませんでした。もしもこの手をなくさなければ、そんなことをしようなどと考えもしなかったでしょう」

彦次郎が持ち上げた左手首のひきつりが、暗い中にも生々しく映った。

「体術を知らなければ、おかよの夫も死なずにすんだかもしれません」

「どういうことです？」

「もともと人殺しの術なのですよ。いくさで首を獲《と》るために、相手を組み敷いて動けなくするためのものです。おかよの夫は戦場で敵に馬乗りになったところを、背後から突き殺されたそうです」

「あなたが教えたからだというのですか？」

「確かに欲をかいたのは本人です。ただ、夫が生きていれば、隼人さまと過ちを犯すことなどあり得なかったでしょう」

「亡くなったのは……」

「三年前です」

隼人がおかよのもとに通いだしたのも、ちょうどその頃からである。彦次郎の言っていることと符合していた。

はや乃が外を見やると、日だまりを小鳥が跳ね飛んでいた。そのずっと向こうの谷の奥からは、炭焼きのものと思われる細い煙が、とぎれることなく立ちのぼっている。

「見せてくれますか」

「は、何をでしょうか？」

「技をですよ」

彦次郎は躊躇《ちゅうちょ》する様子であったが、強いて断ろうとはしなかった。

「さわり程度でよろしいですか」

「結構です」

はや乃が先に座を立つと、彦次郎もすぐに腰をあげた。

二人が出て行くと小鳥はすぐにいなくなった。

道場の脇で陽射しを全身に浴びながら、はや乃は彦次郎と向かいあった。

はや乃の右手には入り口の鴨居にかけてあったはたきが握られ、足の裏にはやわらかな草の感触があった。

「いきますよ」

はや乃ははたきの先を相手の胸に向け、半身《はんみ》の体勢をとった。

彦次郎もわずかに左足を下げ、それとなく構えをとった。

間に流れる空気が、右京と対峙《たいじ》するときとはまったく違っていた。右京のそれは対手《たいしゅ》をはじき返すような力強さがあるが、彦次郎には逆に誘いこまれそうな怖さがあった。

はや乃は思い切って突いて出た。

彦次郎が右にかわしたと思ったときには、はたきを持つ腕が前へ前へと引き寄せられ、踏みとどまることもできないうちにくるりと仰向けにされていた。

覗きこむ彦次郎の顔が陰になっていた。

「大丈夫ですか？」

「ええ」

彦次郎は極《き》めていたはや乃の手首を放し、あらためてさしのべた手で、ゆっくりとはや乃を引き上げた。

はや乃は自分の足で立ち上がると、裾についた草をてのひらで払った。

「身体が弱かったそうですね」

「刀や槍は自分の方が振り回されてしまうくらいだったので、片手を失ったのを機にすっぱり諦めました。そうして小さな力で相手を制する術《すべ》はないものか、と贅沢《ぜいたく》を言っているうちに体術に行きついたのですから、文字通り怪我の功名というものでしょうね」

答える彦次郎の手に、いつの間にかはたきが握られていた。

「おなごが身を守るのにとてもよいと思います」

「そう思っていただけるのが一番しあわせなことです」

彦次郎はさらっと言った。

「それではこれで帰ります。萩丸が待っているでしょうから」

「お時間をとらせてしまいまして、申し訳ありませんでした」

「今度きちんと教えてください」

「もちろんです。喜んで」

はや乃はもときた道をたどっていった。

ふりかえると、人のいなくなった道場脇に数羽の小鳥が舞い下りるのが見えた。

遠近衆の持っていた人殺しの術が、彦次郎を通して身を守る術に変わる。そうだとすれば、おかよに手もなく投げられた腹立たしさも半減するような気がした。

家路を急ぐはや乃の胸に、ぐずる萩丸の泣き声が響いた。

父親（五郎左、黙して語らず）

五郎左は道場からそっと離れた。

中からはまだ、はや乃さまに昔を語る息子の声が聞こえていた。

道場の戸が開いていたので様子を見に来ただけで、もとより盗み聞きするつもりなどなかった。だが、彦次郎の口から「兄」ということばが出た瞬間に足が止まり、その場を立ち去れなくなってしまった。

――わたしの悪い癖だ。

そうやって、何もせずにいる自分をごまかす。本当は優柔不断なだけなのに、さも思慮《しりょ》が深いようなふりをする。

十五年前のあのとき、ふらりと遠近谷に舞い戻ってきた彦左衛門に五郎左はなにも訊《き》かなかった。おのれの直感は、彦左衛門がここには居つかないことを見抜いていたが、それを正視することを恐れたがために、息子と本心をぶつけあう千載一遇《せんざいいちぐう》の機会をみすみす逃したのである。

さらに彦次郎が叡山《えいざん》焼き討ちの話を切り出したときにも、五郎左は何も言えなかった。彦次郎はただ事実を事実として知りたいだけだと言ったが、本人はそれがどれほど残酷な要求か想像もつかなかったのだろう。

遠近衆にとっていくさは稼ぎの場であり、戦利品が谷の生活を潤しているのは周知の事実であった。だからといって自分の息子に対して、おまえの着ている木綿の袷《あわせ》は分奪《ぶんど》った銀器で購《あがな》ったものだ、などと誇らしげに語ってどうなるものだろう。戦場ではいちいち罪悪感など感じていられないが、心の奥底では後ろ暗い思いが澱《おり》をなして沈んでいるのである。それだけでも答えを拒むのに充分であるというのに、五郎左が殺戮《さつりく》の巷《ちまた》となったあの現場でクラクラするような恍惚《こうこつ》感さえ感じていたことなど、言えるはずもなかった。

さかのぼって蓮如《れんによ》の代、本願寺は門徒の勢力拡大を恐れた山門衆徒の攻撃を受けた。門徒は防戦むなしく敗退し、本願寺は破却、蓮如は罪科に処せられることになったが、結局それだけではおさまらず、三千貫もの礼銭（賠償金）を払わせられた上に畿内を去ることを余儀なくされた。

叡山焼き討ちに加わった五郎左の頭には、このことがあったのかもしれない。かつてはなすすべもなく敗れたが、今度は自分たちが攻め寄せる番である。それは時を超えた復讐《ふくしゅう》にも似ていた。

織田の軍勢はまず、山下町の坂本を襲った。町そのものが比叡山の支配下にあるため、焼き払うとなれば一般の民家であろうとおかまいなしである。そして次々に火を放ちながら山を攻め上り、僧侶も神官も、稚児《ちご》も妻妾《さいしょう》も、山内に逃げこんだ坂本の住民も、すべて容赦《ようしゃ》なく殺した。

炎は全山を包んでいった。

遠近衆は、気を抜くと自分たちがまかれてしまいそうなすさまじい熱波の中を風のように駆け抜け、まだ焼けていない僧坊や小屋を見つけるたびに、すばやく金目のものを物色した。そんなことをくりかえしているうちに、いつしか五郎左の頭の奥の方で、しびれるような心地よさが広がっていた。

目に映る火柱は生き生きと身をくねらせて天を焦がし、激しく燃えさかる堂社からは肺腑《はいふ》が詰まるような熱風が吹き出していた。

信長は焼き討ちの動機をはっきりと述べている。すなわち、これは前の年に、浅井《あざい》・朝倉をかばって信長に敵対したことおよび、出家の作法を破って堕落の限りを尽くしていたことに対する報復であり、制裁なのである。だからこそ五郎左は仏門の徒でありながら、信長の非道な仕打ちにもある種の清廉《せいれん》さを感じていた。何もかもが焼け尽くしたあとには、新たな世が開けているような気さえした。

一方で、五郎左の手の感覚は失われていた。ただ、ズシリと重く、それでいてむずがゆくなるような奇妙な感触だけが残されていた。

——坊主を殺すのは、どうもな。

どれほど腐っても、僧侶は僧侶である。まして、

——ガキをやるのは……。

息子に自慢できるようなことではなかった。それは十七の少年の潔癖《けっぺき》さが、断固として拒絶する類のものだった。今なら包み隠さず話しても、冷静に受け止めるだけの度量が彦次郎にもあるだろう。それでも五郎左は、生涯息子にこの話をするつもりはなかった。

世の中には取り返しのつくものとつかないものがある。

長男の彦左衛門は、山小屋から消えた二年後、伊勢の一向一揆に身を投じていた。そして一揆は織田の軍勢によって皆殺しにされた。彦左衛門の消息はつかめなかったが、十中八九死んだに違いなかった。

息子が生き返らないように、自分が奪った多くの命も元には戻らない。

五郎左は村中を見渡した。

自前の畠では、家人たちが野菜の収穫と、次の麦蒔《ま》きの準備をしている。森の中からは炭焼きの煙が立ちのぼり、猟師たちはこうしている間にも獲物を追っている。

生きていくためにやるべきことはいくらでもあった。

五郎左は屋敷の入り口の鴨居をくぐった。

日々の暮らしのにおいが鼻腔《びこう》を満たし、気持がほっと和らぐのを感じた。

おなご……。（右京たち、否も応もなし）

一

「や、これは」

大賀の志のぶに話を聞くべく、燕沢にやってきた右京と左馬介の二人が、ふいに背後から声をかけられた。ふりかえると、今しも通り過ぎた道場の入り口で男がこちらに向かって軽く頭を下げている。

「おう、彦次郎か」

と左馬介が手をあげて近づくと、彦次郎は後ろ手に障子戸を閉め、あらためて丁寧に腰を折った。右京も会釈を返しはしたが、彦次郎を正視することができなかった。どうしても使われていない左の袖口の方に意識が向かってしまう。

「今日はずいぶんと来客の多い日ですね。たった今、はや乃さまがお帰りになったばかりですよ」

「はて、見なかったが。ちょうど入れ違いだったかの」

右京は左馬介の背後に控えながら、こいつがいてくれてよかったとつくづく思った。彦次郎を嫌っているわけではないが、できることなら面と向かって話をするのは避けたかった。手首のひきつりを見た途端、どうにもいたたまれなくなってしまうからである。

——かなわんな。

十年もの間、陣場《じんば》借りで生計《たつき》を立ててきたというのに、この程度の傷で動揺する自分が不思議であった。たとえ百人、千人を斬り伏せたとしても、はじめて人を斬った重みだけは特別なのかもしれない。

「お一人で来られたのか？」

「ええ、わたくしの話をお聞きに」

「おかよさんのことでか」

「と思ったのですが、このときのことで」

と言って彦次郎が失われた左手をあげるのを、右京は視界の隅でぼんやりと見てひそかに安堵《あんど》した。痴話喧嘩に首を突っこむつもりになったのは、かつて門徒との間に生じた軋轢《あつれき》が頭にあったからである。だが、はや乃自身がそのことを気に掛けてわざわざここまで足労《そくろう》するようであれば、周りの者が余計な気を回す必要はない。

「おれたちが心配するまでもなかったようだな」

と右京は左馬介に言った。

「まあ、せっかく来たんだから、志のぶどのに挨拶だけでもしていくか」

「母に御用でしたか」

意外そうな表情を浮かべて彦次郎が言った。

「うわなり打ちとやらのことで、ちとな」

左馬介は少し照れくさそうに言いよどんだ。よかれと思ってやっていることだが、どこかに野次馬根性が見え隠れしているのを自分でも分かっているからだろう。

「屋敷の方にいると思います。母も客を迎えておりますから」

「む、では今はまずいか」

「いいえ、一向に構いません。どうぞ遠慮なくお訪ねください。むしろいいときに来られましたよ」

「そうか」

妙に勧めているような彦次郎の態度が気にならないでもなかったが、二人は別れを告げると、そそくさと屋敷の方に足を向けた。

二

二人が台所の敷居をまたぐと、上がり端《ばな》で青物を刻んでいた下女のおりせが顔をあげて白い歯を見せた。

「あら右京さん、いらっしゃい」

彦次郎に会ってこわばっていた右京の肩から、すっと力が抜けていった。十七の娘のはなやいだ声は、無条件に心のたがをゆるめてくれる。

おりせの目の前に置かれた鍋には、面とりをしたぶつ切りの大根がぎっしりと並べられ、まな板には細かく刻まれた大根菜が乗っている。おりせはそそっかしいところもあるが、笑顔を絶やさずきびきびとたちはたらく様子がいつ見ても好もしかった。

「左馬介さんも、こんにちは」

妻子持ちの左馬介とて心中は似たようなものらしく、挨拶を返す口許にしまりがない。

おりせはまな板を持ち上げると、刻んだ大根菜を包丁でざるにあけた。

「初物かね」

「よかったら食べていきます？　まだ小一時間はかかりますけど……」

「いいのかね。そんなことを言うと本当に腹をすかせて待っているぞ」

おりせは立ちあがって、前掛けをつまむようにして手を拭《ふ》くと、

「いいですよ、たくさん作りますから。今、旦那様を呼んできますから適当に掛けて待っていてくださいね」

「いや……」

今日は違うのだが、と右京が言い出す前に、おりせはトトトッ、と小走りに奥へ下がっていった。その裾からはみずみずしい脛《はぎ》が顔をのぞかせていた。

「いやいや、これは」

左馬介がニヤけた面で上がりかまちに腰を下ろした。

「なにが、いやいやだ」

「いやいや、いつ見ても……」

「けしからんやつだ」

「立派な家だな、と」

左馬介の韜晦《とうかい》にも、いくらかは本心の響きが含まれていた。実際、ここと比べると権六谷戸《ごんろくやと》の左馬介の家などあばら屋の部類に入るくらいである。大きさで言えば大賀の家の五ガ一程度、屋根も杉の木羽《こば》を敷き並べて石を乗せただけのものにすぎない。

「まあ、確かにおまえのところとは雲泥の差だ」

「村長《むらおさ》といってもそんなものだぞ。人より多いのは苦労ばかりだ」

「好きではじめたくせに愚痴をこぼす気か」

「村人の前では言えんのだ。少しくらいはつきあってもよかろう」

右京が知っているここ数年だけでも、左馬介は耕地を広げたり水路を通したりするのに、かなりの銭を持ち出していた。ときには実家に頭を下げて援助を頼むこともあり、左馬介自身に私腹を肥やす余裕などないのは明らかだった。

右京たちがジロジロと他人の家の台所を眺め回していると、当主の五郎左がおりせをしたがえてやってきた。昔から落ち着いた物腰だったせいか、還暦を迎えた今でもさほど老けた感じがしない。

左馬介が立ち上がり、右京とともに頭を下げた。五郎左も深々とおじぎを返し、

「ようこそおいでくださいました。どうぞおあがりください」

「その、申し訳ありませんが、今日は五郎左どのに用があって来たのではないのです」

「はて……といいますと？」

「志のぶどのにお聞きしたいことがありまして……」

「左様でしたか」

おりせが急に真っ赤になって、

「ごめんなさい。わたし、早とちりしちゃって」

五郎左は好々爺然《こうこうやぜん》とほほえみながら、

「では、志のぶを呼んできなさい」

おりせは再び早足で駆け込んでいった。

「どうですか右京どの、いい娘《こ》でしょう」

うなずく右京に五郎左は目を細め、

「失礼ながら、どなたか心に決めた相手がおられますかな？　あの娘など、嫁にするには申し分ないと思いますが」

「あ、いや、その……」

「いつまでも若いつもりでいると、あっという間にこんな爺ぃになってしまいますよ。今ですらあなたはあの娘の倍も生きているんですからね」

右京が三十五にもなっていまだに独り身でいるのにはそれなりに理由があるのだが、説明するにはいささか恥をさらさねばならないし、話も長くなるので面倒だった。おまけにこんなところで嫁取りを勧められると思っていなかった右京は、狼狽《ろうばい》して自分でもよく分からないことを適当に答えていたが、五郎左はオホン、とひとつ咳払いをすると、

「なに、冗談ですよ。そもそもおりせにその気があるのかどうかも分かりませんからね」

とこともなげに言った。そして左馬介に向かい、

「ところで刈り取りは予定通りになりそうですか？」

「ええ。すでに一部で試し刈りは終えましたが、本格的に行うのは三日後ということで」

「分かりました。そのように都合をつけましょう」

「いつもいつも申し訳ありません」

「なに、お互いさまですよ」

稲刈りのような大きな仕事は、近隣の村からも人手を借りて一斉に行う。借りた分はそれに見合う程度の労働で返すのが条件である。権六谷戸の場合は耕地の大半が村内にあるから比較的楽であるが、熊沢の焼畑などは片道一刻もかかるような山奥にあったりするので、相応といってもなかなか難しいものである。

「これからは、遠近谷にも田を増やしていく必要があるでしょう。いくさで稼げる時代は、もう終わりでしょうからな」

「ええ。世の移り変わりは早いものです」

「わたしの若い頃は、こんな風に天下の趨勢《すうせい》が定まるなどと考えられもしませんでした。周囲でしのぎを削っていた斎藤、今川、織田、武田、みな滅んでしまいましたな」

「羽柴の天下もいつまでつづくものか……」

「今度のオヤカタさまは、どう見られますかな」

「間もなく帰ってくるようですから、いずれじっくりと話を聞く機会を設けましょう」

右京のことばに、左馬介と五郎左が静かにうなずいた。

そこへおりせが女を一人連れて戻ってくると、左馬介が急に調子はずれの声をあげた。

「なんだおまえ⁉　こんなところで何をしておる」

「それはこっちが聞きたいことですよ。あなたこそ何をしに来たんですか」

目の前に、左馬介の女房のおひさが立っていた。その後ろでおりせがくっくっと笑いをこらえている。

おひさは右京に対して丁寧に膝をつき、頭を下げた。

「右京さま、ご無沙汰しております」

おひさは以前、遠近家の下女をつとめていた女である。左馬介と逢い引きを重ねていた頃からしっかりした娘であったが、三児の母となった今では、見た目にもすっかり貫禄がついていた。
ム、と会釈を返す右京の横で左馬介が、
「志のぶどのに用があってきたのだ。おまえは関係ない」

「その志のぶどのに言われて出迎えに来てあげたんですよ」

「どうしてそんな恰好をしておる」

よく見ると、おひさは小袖の上からきっちりと襷《たすき》を掛けていた。

「あなた、なんの用でいらしたんですか?」

「その、例のうわなり打ちとやらのことで、な」

口ごもりながら言う左馬介におひさは、それごらんなさいといった表情で、

「つまりそういうことですよ」

「説明になっとらん」

「鈍い人ですねえ。来れば分かりますよ。右京さまもどうぞ」

おひさはそう言いながら二人を待たずに、さっさと奥へ戻っていった。

右京は、完全に気圧《けお》された状態の左馬介に、

「苦労が多いわけだ」

「気の強いおなごを嫁にするとこういうことになる。独り者のおまえには分からんだろうが……」

──その割には、しっかりと三人も子をつくって結構ではないか。

と思ったが、口には出さずにおいた。

「何をニヤついておる。おまえも嫁を選ぶときはよくよく注意したほうがいいぞ。気立てのいいのが一番だ。五郎左どのの冗談も少しは真に受けておくといい」

「そうですよ。人の薦《すす》めも馬鹿にならないものです」

「あら、なんの話ですか？」

とおりせが男たちの顔を見ながら言うと、三人が一斉に、

「別に」

と声を揃えて言った。

右京たちは草履を脱ぐと、キョトンとするおりせを残しておひさのあとを追った。

「どうぞ、ごゆっくり」

右京は、五郎左が肩をふるわせて笑いをかみ殺している様子が背中に感じられて、くすぐったくてしかたがなかった。

二人が廊下の突き当たりを左に曲がると、待っていたおひさが手招きした。

「こちらですよ」

案内された奥の間では、志のぶが庭先に身を乗り出すようにして声を張り上げていた。

庭には五人ばかりの女がおり、おひさと同じく襷を掛けている者もいれば、はちまきを巻いている者もいた。それでいてすりこぎやひしゃくなど、得物《えもの》というには奇妙なものを手にしているのがいやでも目につく。

女たちが恥ずかし気に二人の男に挨拶をすると、志のぶもようやく気づいた様子で、

「おや、ようおいでくださいましたな」

と言った。志のぶは姉の由乃《よしの》に似て痩《や》せぎすだが、しゃがれ声が姉よりも一段と高い。もうじき六十に手が届こうというわりに、どことなく童女のような印象を受けるのは、見るからに勝ち気な瞳の輝きのせいだろう。

「うわなり打ちに興味がおありだそうですよ」

志のぶの横に腰を下ろしたおひさが、右京たちを見ながら言った。

「それはいいときに来られましたな。ちょうどこの人たちにうわなり打ちのなんたるかを教えていたところです。私たちの頃と違って、今の人たちは何も知らないようでしてねぇ」

女たちは志のぶに言われるがままに、訳も分からず集められたのだろう。突然現れた男の目を意識し

てか、みな、あらぬ方向を眺めていた。

「まずは装いが大切です。相手に見くびられてはなりませんから」

「志のぶどのはずいぶんとお詳しいようだが……」

「若い時分は何度か助太刀にたったものですよ。中でも見事だったのはやっぱり姉さまのでしたね。あれだけは特別でした。原因は、そう、あなたさま」

と志のぶが右京を見てほほえむと、左馬介も右京の顔を覗き見た。

「そうなのか？」

「らしいな。聞いた話だが」

「お福どのが右京どのを産んでまもなく、姉さまがしかけたのですよ」

「なるほど」

左馬介がさもありなんといった表情でしきりにうなずいた。

「たいてい自分がうわなりだという引け目があるものだから、乱暴されるくらいなら詫びを入れようとするものですけれど、お福どのは頭を下げるどころか平然と受けて立つくらいで、本当に身体の大きさに見合った肝の太い人でしたねぇ」

左馬介がひじで右京の脇腹をこづいた。幼い二人のいたずらの度が過ぎたときなどは、揃ってお福に真っ赤になるまで尻を叩かれたものである。左馬介はそんなことでも思い出しているのだろう。右京はやかましい、とこづき返しながら、

「そのときに負けないくらいの派手な騒ぎにしようというのですか？」

「せっかくですからね。あのときは双方に二十人くらいの助太刀がついたと思いますけど、今度はなんとか五十人ずつくらいは」

「総勢百人となると、穏やかではないな」

と左馬介が独り言のようにつぶやいた。確かに五十人というと多いようだが、ここにいる女たちが各村に帰って志のぶの話を伝え、それぞれ十人ずつを集めてくれれば足る計算である。決して無理な数字ではない。

「たとえ一対一でも、逆上した妻が刃物を振り回して妾を追い回す、なんてのは穏やかじゃないでしょう。人数が多いと確かにすり傷やたんこぶは山ほどできますけど、互いの目が届く分、かえってひどい刃傷沙汰《にんじょうざた》にはなりにくい面もあるんですよ」

「災いの種を残しませんか。中にはどさくさにまぎれてよからぬことを企む者がいないとも限らないでしょう」

「ついでに自分の亭主の浮気相手ととっくみあいの喧嘩になる、なんてことはしょっちゅうでしたけど、まあ、それもご愛敬でしょう」

「あなた、そんなことを心配して来たんですか?」

おひさがなじるような口調で言った。

「そんなこととはなんだ。権六谷戸の女衆も駆り出されるのだろう? それに、おかよさんの後ろ盾に大賀の家がつくとなると、遠近家との関係だってどうなるか」

「ええ、権六谷戸にはこれからわたしが行って、参加してくれる人を集めます」

「家どうしのことで言えば、わたしと姉さまは仲違いをしているわけではありませんからね。きっとお二人は門徒とそうでない者とのことを気にかけていらっしゃるんでしょうが、うわなり打ちとはまったく関係ありません。仮にそういうことがあったとしても、こんな形で発散できたらよいではありませんか」

と志のぶが言った。

「はあ」

右京と左馬介は、そろって気の抜けたため息をついた。すべて当たり前と言わんばかりの志のぶの態度にはどうも調子が狂うが、とりあえず気を揉む必要がないことは確からしい。

「そんなに心配なら、いっそあなたがたも加わったらどうですか」

と言う志のぶの瞳がいっそうあどけなく光った。

「しかし、男が参加してはいけないと……」

「だったら男でなければいいことです」

右京には志のぶの言っている意味が呑み込みかねたが、すぐにおひさが膝を打って、

「そうですわ。そういたしましょう。お福さまの例もあるし、大きなおなごがいないわけではありませんからね」

右京が横を見ると、向こうからも左馬介が、

――まさかな。

という視線を送っていた。

自分たちが化粧をし、すね毛だらけの脛《はぎ》をむき出しにして、かしましい女衆の中をかけずり回る姿など、想像するだけでゾッとした。

「では、そういうことで」

志のぶは勝手に決めつけて、再び庭先の女衆の方へ向き直った。

――気の強い女は……。

嫁にしなくても苦労する、と、右京は腹の底から思った。

産む者、産まぬ者（はや乃、おかよを迎え撃つ）

一

「……乃さま……乃さま……」

遠くで誰かが呼んだような気がした。

「はや乃さま、お客さまですよ」

急にはっきりと声が聞こえ、はや乃は驚いて目を見開いた。

部屋の中には誰もおらず、灯火だけがゆらゆらと天井や壁を照らしている。

「お休みのところ申し訳ありません。お客さまがいらしております」

頭のうしろの方から、いつものおせきの声がした。

はや乃が首だけをひねってふりかえると、おせきがニコリとほほえんだ。

重い上体をひきずるように起こしていくと、すぐ脇にある籠の中で指をしゃぶっている萩丸の寝顔が目に入った。寝かしつけているうちに、自分も横になって眠ってしまったらしい。

背筋に一瞬寒気がはしり、はや乃は胸元がだらしなくはだけているのに気がついた。そういえば萩丸に乳をやっていたようでもある。はや乃は打ち掛けをまとったまま、小袖の前をきっちりと合わせた。そして弛《ゆる》んでいた帯をもう一度締め直しながら、

「どなたがいらしたのです？」

と聞いた。眠っていたのでしかとは分からないが、部屋の暗さからして訪《おとな》うには少々遅い時刻のように思われた。

「妙円さまと……」

はや乃の胸に、むさ苦しい髭面《ひげづら》が浮かんだ。あの非常識な坊主どのなら時間など気にすまい、と思ったが、別に迷惑には感じなかった。はや乃は妙円の型破りなところが嫌いではない。

「おかよさんです」

「……何と言いました？」

「妙円さまと、おかよさんです」

まさかおかよが直接乗りこんでくるとは予想もしていなかった。はや乃は一瞬あっけにとられたが、すぐに負けず嫌いの虫が騒ぎはじめた。

熟睡中の萩丸をそっと抱き上げると、その餅のような頬をピタリと胸にあてた。

「お客さまはどちらに？」

「オヤカタさまのお部屋にいらっしゃいます」

妙円は父の幼なじみである。自分が間に入った方が話しやすいと、父が気遣ってくれたのだろう。

はや乃は廊下を通って父の部屋に向かった。おかよがどういうつもりでやって来たのかは知らないが、

――違いというものを見せつけてやろう。

何があろうと、正妻の立場は揺るぎない。萩丸がその一番の証であった。

二

「ん、萩丸も一緒か」

はや乃が部屋に入ると父がもそりと言い、背後でおせきが障子戸を閉める音が聞こえた。

「ひさしぶりじゃな」

妙円のだみ声は不思議と耳障りではなく、むしろ口の悪さを和らげてしまうような親しみやすさを感じさせた。

「ええ、本当におひさしぶりです」

妙円の隣で、おかよが小さくなって頭を下げた。

「夜分、ご迷惑をおかけして、申し訳ありません」

「いいえ、ちっとも構いませんよ。まだ宵の口でしょう」

にこやかにそう言いながら、はや乃は早くも勝ったと思った。こういう女どうしの勝負では、先に引け目を感じた方が負けである。

「ま、おかよさんがはや乃どのと直に話したいというのでわしがとりもったわけじゃが、あまり人目を

惹《ひ》くのもなんだからの。暗くなってからの訪問になってしもうた」

「お気になさらずに」

「話というのは言うまでもなかろう。おかよさんは、今度のことで騒ぎが大きくなるのを心配しておるのじゃ。まったくあの婆さん姉妹にも困ったもんじゃな。当人の知らないところで勝手に段取りを進めおって……」

「確かにうちの母上はたいそうな意気込みだが、志のぶどのもそうか？」

「五十人からの人数をかき集めておいて、それじゃあんたが大将だから、ってなもんだ」

「よくそんなすぐに手筈《てはず》が整ったな」

「そもそもうわなり打ちをすると決めた時点で、あの二人の思う壺だったからの」

「年寄りの力もあなどれんな。総勢およそ百人となると、母上のときの倍以上……こりゃすごい」

「思い出すのう。女が普段どれほど猫をかぶっているのか、わしはあのときはじめて知ったもんじゃ」

「まったく。見ているわしらがちびりそうじゃったな」

他人《ひと》事だと思って勝手に盛りあがる男たちの陰で、おかよが俯《うつむ》いて押し黙っていた。

はや乃の鼻白んだ視線に気がついたのか、実秋がわざとらしく咳払いなどをした。

「ん……三年前のことはおまえも覚えておろう」

「もちろんです」

「おかよさんと話す前に、まず、わしの話を聞いておけ。本人では言いにくかろうからの」

三年前、遠近衆はかつてない敗けいくさに遭遇し、おかよの夫も討死した。当時十五のはや乃がすべてを理解していたとは言えないが、おおよその経緯は呑み込んでいる。それははや乃が遠近家の娘だからということもあるが、特別なわけではない。遠近谷に、いくさに無関心でいられる女など一人もいないのである。

「あのときは全部で十二人が命を落とした。惨憺《さんたん》たるありさまじゃ。いくさで稼ぐということは自分も稼ぎの的になるということじゃが、それにしても知った人間が死んでいくのはやりきれん」

実秋は淡々と語った。

妙円が目を閉じ、じっと虚空《こくう》を見つめた。

天正十（一五八二）年六月二日、織田信長が家臣の謀叛《むほん》にあって横死した。その後、同僚だった旧臣たちを次々に蹴落としてのしあがった羽柴秀吉と最終的に後継者の地位を争ったのは、信長次男の信雄《のぶかつ》と、信長の盟友徳川家康であった。正統性から言えば信雄が跡を継ぐのが筋であるが、彼が無能であることは衆目《しゅうもく》の一致するところである。実質的には羽柴と徳川の一騎打ちで、案の定、信雄が秀吉の挑発に乗って攻撃を仕掛けると、家康も待ってましたとばかりに信雄支持をかかげて参戦した。

かくして三年前の桜咲く頃、三河、尾張、濃尾の三国が国境を接する一帯に広がっている遠近谷は、東側を徳川領、西側を信雄領、北側を羽柴方の大名である森長可《ながよし》、池田恒興《つねおき》（両者は婿と岳父《がくふ》の関係）領と接するという、悪夢のような状況に置かれたのである。

さいわいだったのは、森、池田両家ともに織田家の一武将だった頃から東濃に縁が深く、遠近衆からすれば戦友とも言える相手だったことである。特に池田恒興は通称を勝三郎といい、同名の誼《よしみ》で齢《とし》も近い勝三郎とは個人的な親交があった。兵力においても資力においても、羽柴の実力は徳川のそれをはるかに上回っており、勝利はまず間違いないという彼らの勧めに従う形で、遠近衆は羽柴方につくことを即決した。

そのまま美濃大垣城主である池田恒興の部隊にくりこまれた遠近衆は、森勢とともに戦場となる尾張方面へ向かった。確かに総力では秀吉方が圧倒的に優勢だったが、いつの世も敵地での戦いは容易ではない。森勢が最初の小競り合いで完敗してしまうと、それを挽回できないままに戦線が膠着《こうちゃく》した。

そこで焦燥《しょうそう》に駆られた森と池田は、思い切って戦場を突き抜け、一直線に敵の本国三河を衝《つ》くという奇策に出るが、事前に察知した敵の待ち伏せ、はさみうちに遭い、両将ともに討死という、目も当てられないような失敗に終わった。

この敗戦で従軍した遠近衆約五十人のうち十二人が討死し、その中の一人がおかよの夫であった。そして生き残った者も無傷ではすまず、百戦錬磨の勝三郎さえも頬の肉を鉄炮玉に削ぎとられ、一時は右の耳が聞こえなくなったほどである。

それでも、遠近衆とは逆に徳川と結んで大坂に侵入するなどした紀州の雑賀《さいか》衆が、翌年秀吉の報復攻撃を受けて壊滅したことを考えると、羽柴につくという選択自体は正しかったのだろう。だが、現実を素直に受け容れるには払った代償があまりに大きすぎた。

「すべては焦りが生んだことだ。森殿、池田殿は、かつての同僚たちが次々と関白殿の軍門に降るのを目の当たりにしていた。なんとしても今度のいくさで功をたてねば、という気持ちが、あんな一か八かという作戦をとらせたのだろう」

森長可と池田恒興はどちらも一応は独立勢力であって、秀吉の家臣だったわけではない。主筋の信雄方からも味方になるよう誘いがきていたのだが、あえて名を捨ててでも実をとる道を選んだのである。

そこまでしておいて手柄の一つもなしでは、主君の遺子を見限った意味がまったく分からなくなる。

「それはわれらとて同じことじゃ。どこともつかず離れずやっていたのが、いよいよ関白殿にお味方せねばならなくなった。新参者《しんざんもの》は先陣をつとめるのがいくさのならい。さすがにわれらのような小勢に先陣の命は下らなかったが、それでも忠誠の証《あかし》として絶対に敵に背を向けることはできなかった。らしくないいくさぶりになったのも、いたしかたないことじゃった」

遠近衆は正規の軍旅の周縁にいる存在である。小勢による奇襲では無類の強さを発揮するが、大部隊どうしの会戦となると勝手が違った。

「おかよさんの夫の源内は、敵の首を獲《と》ろうと馬乗りになったところを、背後から槍で突かれたそうじゃ。遠近衆の武器は鉄炮とすばやい脚だぞ。いくら手柄になる兜首だからといって、そんなものを腰にぶら下げていては邪魔になる。本来なら決してやらんことじゃが、源内はやった。なぜじゃろうな」

おかよの瞳がピクリと動いたが、表情は変わらなかった。

「権六谷戸はまだまだこれからの村だ。個々の持つ田畠は小さく、かつかつの収穫しか得られん上に、それさえも長雨や日照りにあえばひとたまりもない。おかよさんの実家に泣きつけば、かわいい娘夫婦に援助をするくらいなんでもないことだったろうが、源内はそうしなかった。自分の力でどうにかしようとしたのだ。敵兵の懐をかすめても小遣い程度にしかならんが、名のある将を討てばそれなりの恩賞がでる。多少無理をしてでも暮らしを楽にしたかったのだろうな」

はや乃はこれまで、死を覚悟するほどひもじい思いをしたことは一度もなかった。だが、もしも萩丸が飢えのために痩《や》せ衰え、かぼそい息しかしなくなったとしたなら、自分はわが身を切り分けてでも与えてやりたいと思うだろう。源内という人の気持ちも痛いほど分かった。

「ただ、源内は単に運が悪かっただけかもしれん。全部で十二人が討死したとはいえ、生きて帰った者の方が多かったからな」

「十二人……そのうちの八人が門徒じゃ」

妙円がうっすらと目を開いてつぶやいた。

「根絶やしにされた一向一揆と比べれば、全滅しなかっただけでもよしとすべきかもしれん。実際に肉親や友を失くした者には、屁の足しにもならん理屈じゃがな」

おかよは父と妙円の話を眉ひとつ動かさずに聞いていた。涙などとうに枯れ果てたのかもしれない。

「隼人が独り身になったおかよさんを気にかけたのは、源内のことをよく知っていたからじゃ。源内は、隼人の乳母児《めのとご》じゃった。隼人にとって、唯一この世に存在する兄弟のようなものだったはずじゃ」

「そんな大事なこと……」

はや乃はついぞ知らなかった。

「おまえが知らんのも無理はない。わしらが隼人をひきとってからは、ほとんど往き来することもなかったからな。あいつ自身、源内が死んではじめて気づいたのではないか。もう、肉親は誰もいなくなってしまったということにな」

隼人の父はいくさで命を落とし、母もその少し前に病でこの世を去った。はや乃が物心ついたときには、隼人はいつでもそばにいた。けれども隼人が遠近家に来たときは、きっと独りぼっちだったに違いった。

ないのである。考えてみれば分かることだったのに、日常に慣れすぎた自分は、想像しようともしなかった。

「わしらは隼人を特別扱いにはしなかった。人一倍かわいがることもなければ、冷たく接することもなかった。おまえと同じように、遠近家のこどもとして自然に育ててきたつもりだ。わしらにできるのは、見守ることだけだった。あいつの心に開いた穴は、あいつ自身が埋めるしかない」

何不自由なく、のうのうとこれまで生きてきた自分では夫の心の虚《うろ》を満たせないのだとしたら、あまりにも寂しすぎた。萩丸でもそれは無理なのだろうか。「ややができた」と打ち明けたときの、なんとも言えない困惑したような夫の表情を、はや乃は思い出した。

「さて」と父が膝に手をやり、腰を浮かせた。

「わしらは退散するとしようか。こんな爺ぃでも、男の前では話しにくいこともあるじゃろう。女どうし、腹蔵《ふくぞう》なく話し合うといい」

「うむ。では、ひさしぶりにおぬしとさしで酒でも呑むとするか」

妙円もすっくと立ち上がった。

「酒を用意したなどと誰も言っとらんぞ」

「ふん。言わずともあるのは分かっとる。けちけちするな」

「催促されては、あるものも素直に出したくなくなるわ」

実秋と妙円は互いに減らず口を叩きあいながら、はや乃とおかよを残して部屋を出て行った。二人の声が廊下を遠ざかっていくと、はや乃は途端に何もないところに放り出されたような所在なさを感じた。

おかよが居ずまいを正し、あらためて深々と頭を下げた。

「夜分、ご迷惑をおかけして、申し訳ありません」

この女に謝られるのは何度目だろうと思った。

下からゆっくりと戻ってきた視線には、怯《おび》えの色も、居直りのふてぶてしさもなかった。おかよは静かにはや乃の眸《め》を見つめたまま、そらそうとはしなかった。

はや乃がふっと微笑むと、おかよもすっと笑みを返した。

行灯《あんどん》の火がゆらめくたびに、二人の間の空気まで、小刻みに震えているようであった。

三

「わざわざやってくるからには、何か言いたいことがあるのでしょう？」

「うわなり打ちは、やめられませんか」

「もう無理でしょうね。わたしたちだけの問題ではなくなってしまいました」

「本当にそうなのですか？　わたくしたち二人が参加しなければどうにもならないのではありませんか？」

「それでこの場で話をつけようと」

「できることなら……」

「ではおかよさん。今までのことについて詫びを入れ、今後一切、隼人どのと関わらないことを約束なさい」

　萩丸がもぞと動いた。うっすらとまぶたを開いてはや乃を見上げると、かわいいあくびをしてまた目を閉じた。

　おかよはすぐに返事をしなかった。

「どうしました？　当然のことだと思いますが」

「……約束はいたしかねます」

　おかよは控えめに、けれどもきっぱりと言った。

「話になりませんね。騒ぎにはしたくない、でも詫びるつもりはない」

「いえ、お詫びはいたします。はや乃さまにはとうてい許されないことをしてまいりました。本当に申し訳ありません」

　おとなしく見えて存外手ごわい相手のようであるが、おかよの態度につくりものめいた感じはなく、悪いと思っているのは確かなようであった。

「ならば、なぜ手を切ると言えないのです」

「これまでもそうだったからです」

「おっしゃっている意味が分かりませんが」

「そもそもわたくしと隼人さまの間に、はっきりとした関係があるのかどうかも分からないのです。わたくしがお慕い申しあげていたわけでもなく、隼人さまから言い寄られたわけでもなく、いつ来ると決まったわけでもありませんし、足が遠のいたからといって責めるつもりもございません」

――三年もつづけておいて何をぬかしているのかしら。

「ただ、いらっしゃった隼人さまに、帰って下さいとは申せません」

「いやいや迎えているというのですか?」

「いいえ。いらしていただけるのは嬉しゅうございます」

「では、隼人どのが行かなくなれば、縁は切れるけれども、そうでないかぎりは結局、ずるずるつづくと……」

「……かもしれません」

はや乃の口からため息がもれた。

夫の浮気を責めるのは簡単だが、そんなことで問題が解決するほど夫を尻に敷いているつもりはなかった。むしろ藪蛇《やぶへび》な結果を引き起こす可能性さえある。

「余計なお世話かもしれませんが、嫁ぎ直すつもりはないのですか?」

「こんなおばあさんでは、もらい手なんておりませんよ」

そう言って自嘲《じちょう》気味に笑うおかよの顔は、悔しいくらいに色気があった。若く見えるが隼人の四つ上、自分よりは八つも上の女盛りなのである。どうあがいても今の自分には出すことのできない色香であることは認めざるを得ない。

「まさか。あなたさえその気になれば、引く手あまたでしょうに」

ふふ、とおかよは素直に笑った。

「ありがとうございます。はや乃さまにそんなことを言っていただけるなんて。でも、やはりもらってくれる物好きなどいないと思います。わたくしは石女《うまずめ》ですから」

と、なんの屈託《くったく》もなくおかよが言った。

はや乃の胸に、そのことばがズシリとのしかかった。そうとも知らず、これ見よがしに萩丸を連れてきた自分が、ひどく残酷な人間のように思われた。が、その一方で、ならば夫の子を身籠もることもないのだとホッとする気持もどこかにあった。

「ややがお腹に落ち着いてくれないのです。身籠もっても、お腹が大きくなる前に流れてしまいました……三度とも」

萩丸を抱くはや乃の腕に、ギュッと力がこもった。

「それなのに、あの人はわたくしを責めたりしませんでした。自分のせいかもしれないとさえ言ってくれました。いつか無事に生まれてくる子がいるかもしれないから、苦労させないように蓄えを持つんだって、がむしゃらにはたらきました」

はや乃は耳をふさいでしまいたくなった。これ以上、話を聞きつづけると、おかよを憎むことができなくなってしまうかもしれない。

「石女は地獄に堕ちるそうですね。妙円さまは阿弥陀さまを心から信じれば、決してそんなことはないとおっしゃるのですけれど、どうでしょう。夫を死なせ、隼人さまともこんなことになって、それでもわたくしを救ってくださるのでしょうか」

「隼人どのはそこまで知っていたのですか?」

「いまさら嘘をついてもしかたないですね。正直に申しあげますと、三人目は隼人さまのお子です」

——それで……。

はや乃はややができたと伝えたときの、夫の浮かべたなんとも言えない表情に得心《とくしん》がいった。あのとき夫は、おかよとの間に生まれてくるはずだったこどものことを思ったのかもしれない。

「隼人どのはどう……」

「できたと知ったときは特に。でも、流れてしまったときはがっかりしていらしたように思います」

「あなたはどうです。隼人どのの子を欲しかったのですか?」

「はい。もちろん遠近家の跡取りにしようとか、そんな考えではありません。生まれてこられなかった二人の分も、この手で抱きしめとうございました」

目を伏せたおかよの前に、はや乃はわが子をさしだした。

「え……」

顔を上げたおかよが、はや乃の心の裡《うち》をうかがうような眼をむけた。

「抱いてあげて下さい。三人の分まで」

「いえ、そんな……」

はや乃はためらうおかよににじり寄り、手をとって胸に抱かせてやった。

萩丸は母の肌を離れたことなどおかまいなしに、桃のような頬をおかよの胸にピタリとつけて眠っていた。

見る間におかよの両目から、涙が珠《たま》となってあふれ出した。おかよはそれをぬぐおうともせず、萩丸を見つめたまま、ただぼろぼろと大粒の涙を流しつづけた。

はや乃の目が潤《うる》みかけて、あわてて頭上を見あげた。燭台《しょくだい》のあたたかな光が天井を、そして部屋全体を、ほの赤く染めていた。

「おかよさん。隼人どののことは、はじめからやりなおしにしましょう」

「…………」

返事はなかった。だが、耳に届いていることは分かった。

「あなたと隼人どのは、なしくずしにここまできたのでしょう。あらためてどうするかお考えなさい。わたしも自分で隼人どのを見初《みそ》めたわけでなく、気づいたときには夫婦になるものと決まっていたのです。あの人が夫としてどうかなどと顧《かえり》みたこともありませんでした。お互いにそこから仕切りなおしましょう。その上で、隼人どのが通いつづけるのならそれもよし。だから……勝負ですよ。女と女の。恨みっこなしで」

「…………」

「うわなり打ちは予定どおり行います。あなたも遠慮せずかかってきなさい。我慢していたこと、ためこんでいたこと、すべて吐き出したらいいのです。わたしも手加減はしませんからね」

「……望むところです」

おかよが顔をくしゃくしゃにして笑った。

その拍子に落ちた滴が、萩丸の閉じかけた唇をひたと濡らした。

はや乃の目尻の水玉が一つ、パチリとはじけて頬を伝っていった。

四

「まったく、坊主のくせにだらしない奴め」

いぎたなく横たわる妙円を一瞥《いちべつ》して、父が眉をひそめた。

はや乃は、蚊帳を吊った籠の中に萩丸をそっと寝かすと、その脇に腰を下ろした。

萩丸はおかよに抱かれている間も、一度として目を覚ますことはなかった。おかよにも母の匂いがしたのだろうか。

「そんなに呑まれたのですか?」

「いいや。せいぜい二合くらいじゃと思うが、もともと相当弱いからな。自分でも分かっているくせに、足腰がたたなくなるまで呑む。まあ、ウワバミでないだけましじゃがな」

妙円がゴロリと寝返りをうって仰向けになった。大きく開いた袈裟《けさ》の裾から、膝小僧まで丸出しになっていた。

「まるで牛に踏まれた蛙じゃな」

「まあ。聞いたら怒りますよ」

「どうせ聞こえとらん。なあ、くそ坊主」

妙円はかすかにうなったが、とても言われたことを理解している態ではなかった。

父娘は揃って、くくっと笑った。

「おかよは帰ったか？」

「ええ。ちゃんとうちの者に送らせましたから、大丈夫だと思います」

おかよたちには常念寺の寺男《じなん》がついてきていたのだが、遅い時間では不安だということで、遠近家の郎党を一緒につけてやった。寺男にとっては、むしろ妙円を連れて帰る方が大仕事になりそうである。

「そうか。で、話はついたのか」

「ええ。うわなり打ちはいたします。でも……」

「心配はいらんというのだろう？　おまえの顔を見れば分かる。大事にはなるまい」

「きっと盛大なものになりますよ。楽しみですね」

「母上たちとて、悪意があって仕向けたわけではあるまいからの。やりすぎのような気もするが、これはこれでひとつの解決法かもしれんな」

「やってみなければ分かりませんけれど」

「まだおかよのことが憎いか？」

「いいえ。同じおなごですから、憎らしく思うこともあれば、心が通じ合うこともあります」

「ほう。コロッと変わったな」

「すべて水に流すとは言いませんよ。考えると腹も立ってきます。ただ、相手の気持ちを想像すると、闇雲に憎むこともできません。おかよさんと隼人どのが魅《ひ》かれあったのも、分かる気がいたしますから」

「ふむ……そうか」

「父上はよそのおなごに心奪われたことはないのですか？」

「いきなり何を……」

父の抑えた口調にも狼狽《ろうばい》の色がうかがえた。娘にそんなことを聞かれて平気でいられる親などいない。はや乃が安心して聞けるのは、父が浮気をするような人間でないことをよく知っているからだった。

「男どうしですから、隼人どのの気持ちも分かるかと思いまして……」

「そりゃ、な。見目好《みめよ》いおなごを見れば鼻の下がのびることもあるが……おい、静音《しずね》には内緒だぞ」

その程度、男であれば当たり前だというのに、妻に気兼ねする父がなんだかかわいらしく感じられた。

「遠近家の跡取り息子のことは、考えられなかったのですか？」

はや乃に兄弟はいない。父が惣領《そうりょう》息子を得るために側女を置いたとしても、なんら不思議ではなかった。

「またそのことか」

「お聞きするのははじめてですけれど……」

「昔、さんざん言われたのじゃ。おまえが生まれる前にもな。どうして早く後妻を入れないのか。跡継ぎがいなくては困るではないか、とな」

はや乃の母の静音は後妻である。父の最初の妻は、祝言から一年と経たぬうちに風邪をこじらせて、あっさりとこの世を去ったらしい。

「ようやく静音を迎えるときも、なんだかんだと言われ、迎えてからしばらく子ができなければ、やはりまたぐだぐだとつまらん忠告を聞かされた。本人たちは親切で言っているつもりらしいが、まったく余計なお世話じゃ」

「何を言われたのです？」

「遠近家のお方さまにはふさわしくないと。静音の家は大賀でも杉下でもないからな」

母の生まれ育った家は、炭焼きのかたわら小さな畑を営むという、遠近谷にはありふれたものであった。静音という名も嫁入るときにあらためたもので、もとはお静といって遠近家に奉公に出ているうちに、実秋に見初められて祝言をあげたのである。

幼い頃から慣れ親しんできただけあって、母は糸繰りや藁《わら》ないに巧みであった。そんななんでも器用にこなす母親を、はや乃は尊敬していたし、生まれを気にしたことなど一度もなかった。

「そうして一年経ち、二年経っても身籠もる様子がないと、石女《うまずめ》ではないかとか、側女を紹介しようかとかと、親戚筋からずいぶん言われたものじゃ」

「でも耳を貸さなかったのですね」

「源平藤橘《げんぺいとうきつ》ならいざ知らず、遠近家など大した家柄ではなかろう。そんなに必死になって残すような家か。うるさい連中には、欲しけりゃくれてやる、というくらいに思っておった。若かったな。遠近家はわし一人のものではないというのに……」

はや乃は隼人と祝言をあげて一年ほどで身籠もり、男の子を産んだ。わが子を手にした喜びは勿論だが、物領息子を得たという安心感も大きかった。だが、自分が恵まれているとは思わず、当たり前のこととして享受《きょうじゅ》してきた。父のことばが胸に痛かった。

「結局、さずかったのは娘一人だったが、跡取りには隼人を婿にもらう約束ができておったし、ダメになっても右京がおった。大名家では多くの側女を置いて、生まれた子供は片っ端から家中や他家と誼《よしみ》を通ずるために遣わしてしまう。かりそめ程度の役にしかたたんというのにな。それにしてもわが子の嫁ぎ先といくさをするというのは、どんな思いであろうな。たくさんいれば一人や二人、どうということもないのかの。わしはな、くれてやるための子などつくるつもりはなかった。浮気心がなかったとは言わんが、少なくとも腹を借りるだけの側女を置こうとは思わなかった」

「父上は母上と夫婦《めおと》になって、しあわせでしたか？」

「しあわせ、な……はて、そうやって言い切ってしまうと、いろんなものがこぼれ落ちてしまうような気がするの。いちいちしあわせをかみしめなくても生きていけるし、生きてゆくこと自体の方が、よほど大切だと思うがな」

そう言う父の横顔は、ほろ酔いのせいだけではなく、充分しあわせそうに見えた。

「母上は大事にされていたのですね」

「当たり前だ。夫が妻を大事にしないでどうする」

「あら、お熱いこと」

「親をからかうな。まったく、そういうところは婆さまに似おったな」

「いいではありませんか。きっと母上が聞いたら喜びますよ」

「おまえ、静音に余計なことを言うなよ」

「ふふ、言わなくたって伝わってますよ」

妙円がまたも横になりながら、ぼそりと何かを言った。

「ん……起きておったのか？」

父が少しあわてた様子で言った。今の話を聞かれてはたまらないと思ったのだろう。

「おい、妙円」

「……そりゃ、無理だ」

「何を言っとる」

妙円は返事の代わりにいびきをかきはじめた。

「横着な奴め。はや乃、すまんがおせきに言って打ち掛けを持ってこさせてくれ。萩丸はわしが奥に運ぼう」

「分かりました」

はや乃はスッと立ち上がると、廊下に面した障子を開いた。

秋の夜の涼気が、全身を心地よく包んだ。そんな風に思えるのもあとわずかで、これから山々は紅く色づき、ふた月もすれば遠近谷に初雪が降る。

静かに障子を閉めきると、そこに父の影が映った。瓶子《へいし》から手酌で酒をあおる影を見て、

——照れ隠しかしら。

はや乃は忍び笑いを洩らした。廊下を歩きながらその姿を思い返しては、何度も何度もおかしくてたまらなくなった。

笑う死者（妙円、酒に呑まれる）

――くそ坊主だと。

実秋の声が、妙円の頭の中でグワンと鳴り響いた。

じっとしていると、ふわふわと漂っているようで心地よい。けれどもつい落ち着かなくなって寝返りをうってしまい、途端に頭痛と吐き気が押し寄せてくる。分かっていてもそのくりかえしだった。

――めんどくせえ。

実秋が何か話しかけたような気がしたが、答えるのは億劫《おっくう》だった。

乱れた袈裟《けさ》がほてった身体には鬱陶《うっとう》しかったが、寝ころんだままでは脱ぐこともできない。仕方がないので袖と裾から手足を突き出すだけで我慢することにした。

焼けるような妙円の胸で、兄弟子の妙運がニヤリと笑った。

酒を呑むといつもそうだった。というよりもむしろ、死んだ人間に会いたくて呑めない酒を無理に流し込むのかもしれない。

妙円は杉下の分家の出で、系図をさかのぼれば左馬介とは遠い親戚にあたる。一族のほとんどが信仰を同じくしており、妙円も幼い頃から両親に連れられて道場に通うことが当たり前になっていた。

特別熱心に信仰に打ちこんでいたというわけではないが、あるときから妙円の中で出家を望む気持ちがふくらんだ。それは遠近谷にも坊主のいる寺を建てたい、という一人の門徒としてのささやかな願いに端を発していた。おのれがその役目を果たせたなら、どんなに誇らしいことだろう。元服を間近にひかえた妙円は、日々そんな夢想にひたっていた。

父の跡を継いで檜物師《ひものし》の道を歩むのも嫌なわけではないが、一度くらいは自身の望みを正直に打ち明けてみてもよかろう、という程度に期待せずに両親に話をすると、意外なほどあっさりと許してくれた。そうなると逆に、口減らしになるからか、などといぶかしむ気持ちも生じないではなかったが、一人が出家すれば九族まで極楽往生が叶うと言われていることでもあり、両親が喜んで送り出してくれるのをこれさいわいと、いさんで仏門の戸を叩いた。

そして手次寺《てつぎてら》（本山と門徒の仲立ちとなる末寺）の紹介で赴いた修行先の寺で出会ったのが妙運であった。妙運は妙円と同じ齢《とし》であったが、仏門では一年の先輩である。なにせ小さな寺ゆえ他に修行僧もおらず、妙運はこの友達のような兄弟子に、修行のいろはを手取り足取り教わることになった。

妙運としても浅学の身であるから、弟弟子が来たという意識はあまりないらしく、どんなことでも丁寧に、先輩風を吹かせることもなく教えてくれた。特に師の妙風がいかに立派な人であるかということについては何かにつけて力説していたが、妙円自身も修行をつづけるにつれてそれが大げさでないことを強く実感した。

妙風は吹けば飛ぶような小柄な老爺《ろうや》であったが、目を離すとそれこそ風に吹かれたように飄々《ひょうひょう》とあちこちを渡り歩いている。一人で寺に籠もっているのを好まず、門徒にまじって鍬も振るえば投網《とあみ》もひいた。仕事の合間には門徒の悩みを聞いたり説法をしたり、聞けばその話も難しい仏典の引用などではなく、門徒の暮らしぶりや夫婦喧嘩までひきあいに出したもので滅法わかりやすく面白い。もちろん寺で勤行《ごんぎょう》もするが、むしろそのあとのお斎《とき》（共同飲食）の方こそを大切にしていた。真宗の教えでは称名《しょうみょう》念仏に専修《せんじゅ》しなければならないことになっているが、妙風は門徒が庚申《こうしん》待ちをしようが熊野詣《もう》でに行こうが目くじらを立てたりはしない。とにかく門徒とともにあるという姿勢が徹底していた。

さりげないように見えてそれがどれほど稀有《けう》な例であるかは、時折使いに行く大寺の様子と比べてみれば一目瞭然だった。すべてがそうであるとは言わないが、大きな寺ほどおのれの﨟次《ろうじ》を上げることにばかり熱心な坊主や、門徒の喜捨《きしゃ》で美酒美食にふける坊主が多かった。

妙円と妙運は、いずれ独り立ちできるようになったら師のように人の間にある信仰を実践しようと、何度も何度もくりかえし誓い合った。やがて妙運が一足先に師の許を離れ、ほどなくして妙円も遠近谷に帰った。そして誰にも利用されることなく荒れ果てていた堂宇を改修し、常念寺と名づけて住持として暮らしはじめたのである。

その後も時折、手次寺を通じて妙運の消息を聞く機会があったが、互いに書状のやりとりをするようなことはなかった。志を同じくしていることは分かっていたし、相手の息災さえ知ることができれば充分だった。

かくして歳月は流れ、遠近谷で門徒が蜂起したあのときを迎える。山籠もりがつづくなか、行方知れずになっていた大賀の彦左衛門が不意に谷に姿を現したときのことである。

門徒の大半が山小屋に籠もりきりであったため、常念寺では妙円と寺男とでささやかな報恩講を催した。そして三日間の行事が滞りなく済み、いつものように浅い眠りについていた妙円の枕元に、払暁《ふつぎょう》の気配とともに忍び寄る者があった。妙円が仰向けになったまま小声で誰何《すいか》すると、人影は懐から何かを差し出して「妙運どのからです」とささやいた。

その声の主が彦左衛門であることはすぐに分かった。彦左衛門が妙運とつながりがあるとは知らなかったが、妙円は彦左衛門に何度か兄弟子の話をしたことがあるし、より実践的な信仰を欲していた彦左衛門が妙運の許に向かったとしても不思議はなかった。

彦左衛門は妙円にこよりのように細く折りたたんだ書状を手渡すと、「では御達者で」とだけ言い残してその場を去った。妙円はそれが今生《こんじょう》の別れになるであろうことを予感しながら、強いて止めようとはしなかった。

夜明けを待って開いた書状には見慣れた兄弟子の筆跡で、本山とともに戦う決意が記されていた。檄《げき》文《ぶみ》のような大仰《おおぎょう》な言い様は一切なく、蜂起にいたる心情がただ淡々と、理非を尽くして述べられていた。

門徒の中から立ち上がるべしという声が上がり、実際に武器を手にした門徒が血を流していたら、妙運は決して見過ごしにはしない。そんなことは考えるまでもなかったし、妙円自身も妙運と一緒にいたら同じ決断を下したに違いない。だが、今の妙円は違う。遠近谷は大賀・杉下両家と遠近家の関係に象徴されるように、仏法の道理と世俗の道理がせめぎ合いながら均衡を保っている土地である。門徒の道理を押し通せば、それ以外の者に犠牲を強いずにはいられない。だからこそ妙円はおのれの心情を殺して、本山の檄に応えぬことを是とした。

そもそも弥陀《みだ》の慈悲はすべての存在に向けられたものであって、一部の者さえ救われればよいなどという偏狭《へんきょう》な考えであってはならないはずである。妙円は、たとえ妙運の頼みとあっても、門徒に蜂起を促すことはできなかった。

　そのかわり妙運の意志は否定せず、自ら起《た》とうとする者は見逃した。ふた月ほど後のある朝、欠け落ちた門徒がぞくぞくと常念寺に結集してきたときも、妙円は形ばかりの説得をしただけで寺を明け渡してしまった。住持としての責任を放棄したに等しいが、どうするのが正しいかなど妙円には分からなかったし、今もって分からない。

　このときの危機はさいわいにして右京のおかげで回避できたが、翌年には妙運と彦左衛門が伊勢の一向一揆に身を投じて死んだ。確かめたわけではないが、一揆勢は織田軍の徹底的な兵糧攻めで半数が餓死し、投降しようとした者はだまし討ちにあい、さらに城に残っていた二万ばかりの男女は逃げ出せぬよういっそう厳重に取り囲まれて焼き殺された。文字通りの皆殺しであって、二人が生きのびた可能性はほとんど無いと言ってよかった。

　酒を呑むたびに妙円の胸の裡《うち》に現れる妙運は、いつも莞爾《かんじ》と笑って妙円をなぐさめてくれる。おまえの判断は間違っていなかった。何もできなかったからといって気に病む必要はないのだ。けれども妙円は、

　——そりゃ、無理だ。

　と思う。妙円の心には、罪悪感もなければ負い目もない。ただ、自分のよく知っている者が二人死に、その他の同朋《どうぼう》も数限りなく命を落としたという事実の重みが、ずしりとのしかかって消えなかった。きっとそれは一生かかっても消すことができないもので、土の下まで背負っていくしかないのであろう。

だが、背負うということがどういうことか、妙円には分からない。分からないから答えを求めて酒に呑まれる。結局、そうやって途方に暮れているうちに、おのれもいつしか死んでいくのだろうと、妙円は思うのであった。

女、女、女？（はや乃、おかよに迎え撃たれる）

一

おかよに手もなく返り討ちにされてから三日。はや乃は再び権六谷戸《ごんろくやと》を見下ろす高みに立った。谷戸の様子を一望する村の入り口からは、おかよの家の前でものものしい装いの一団が、いまや遅しと自分たちを待ちかまえているのがはっきりと見える。

ここまでゆるゆるとやっては来たが、遠近家の居館からは二つの峠越えを含むおよそ一里の道のりであり、さすがに誰の額にも玉の汗が浮かんでいた。中でも祖母の由乃は老齢だてらにはりきったせいで、道中散々強がりを言っていたくせに、ここにきて息も絶え絶えといった様子で、侍女のおせきに支えられながら胸を押さえている。

はや乃たちがしばし足をとめていると、谷の底から、

「何をゆっくり見ているのさ。こんな景色が珍しいかねぇ」

という囃《はや》し声とまばらな笑いが飛んできたが、すぐにはや乃のそばから、

「あんたたちの恰好《かっこう》が珍しくて、高みの見物をしているのさ」

と答えが返り、どっと歓声があがった。

「お互いさまのくせによく言うよ」

と向こうが言えば、

「そういうことは自分の面を鏡に映してから言うもんだよ」

とこちら。

はや乃はそんなやりとりに微笑を誘われながら、澄んだ空を切れ切れに飛ぶ雲の動きに見入っていた。数日来つづく秋晴れの空ははるか彼方の山の向こうにまで伸び、おのれの目の高さを雲がなめらかにすべっていく。

するとそれを横切るように、視界の外から幅広の翼を持った影が飛びこんできた。そして谷の上で風をつかまえてふわっと浮かびあがると、あたりを睥睨《へいげい》しながらピョー、ピョーと甲高く鳴いた。

「ほら、そんなところで馬鹿みたいに口を開けて見上げていると、ヒナ鳥と間違えて鷹に舌をつつかれるよ」

と、呼吸を整えた祖母がいつものしわがれ声で言うと、よく似た調子で、

「そっちこそ乱れ髪に巣を作られないように気をつけるがいいさ」

と応酬する。祖母の妹でおかよの母、大賀の志のぶの声に違いなかった。

はや乃が横に目をやり、

「おばあさま、大丈夫ですか？」

といたわると、祖母は肩に添えられたおせきの手をはねのけ、

「当たり前だろ。老いたりとはいえ遠近の女。たかがこれしきで弱音を吐くような生き方はしていませんよ。第一、このうわなり打ちは、あたしがいなけりゃはじまらないじゃないか。違うかい？」

そう言って不敵な表情でニヤつくと、周りの女たちの瞳も瞬時に輝きを増した。

「ほらほら、いつまでも休んでいると向こうが図に乗るよ。あたしも若ければ真っ先駆けるところだけれど、年寄りの冷や水と思われるのも癪《しゃく》だからねぇ。お京、あんたが先頭に立ちなさい」

祖母が肩越しに指名すると、

「わたしがですか？」

と背後に立っていた大柄の女が頓狂《とんきょう》な声をあげた。うわずっていながら、明らかに女のものとは思えない野太い響きである。それを聞いた女たちの間から、くすくすと忍び笑いが洩れる。お京は女物の小袖に大きな身体をむりやり押し込めてはいるが、裾からは毛脛《けずね》が露わになっているし、胸板は分厚いばかりで飯椀ほどのふくらみもない。大女の正体が成り行きで女装をさせられる羽目になった右京であることは、言うまでもない。

「そうだよ。あんたが行かなくて誰が行くんだい。せっかく小熊みたいな大層な身体つきをしているんだから、こんな先陣の名誉を逃す手はないだろう？」

「はあ……」

右京は騒動に巻きこまれた時点で諦めているのか、祖母の見幕に反論する気もないようである。

「お京さんのこと、みんな頼りにしてるんだから」

「お馬さんがあっちで待っているわよ」

と周りの女たちも口々に勝手なことを言って、右京が困惑するのを楽しんでいる。

「では……」

と右京は居直った様子で、隣にいた女から借り受けた箒《ほうき》を高々と掲げると、

「みなさん、行きますよぉ」

と精一杯のしなを作って言った。

一同はワッと笑い声に包まれると、すぐにそれを喊声《かんせい》に変えて権六谷戸の斜面を勢いよく下っていった。

二

先日、はや乃から事の顚末《てんまつ》を聞いた祖母の由乃は、かねてからそうなることを予想していたかのようにすばやく騒動打ちの手筈をととのえた。

まず、人数を集めて打ち寄せる旨を心きいたる老女中に言い含めると、大賀の志のぶの許に使者として遣わした。何月何日何の刻に参ずべし、打物《うちもの》（刃物）は用いざるべし、当方はおよそ五十ばかりが勢なり、といった調子のいたって簡潔な口上で、これを聞いた志のぶもただ一言、心得ましたと即答でもって応じた。

他家へ嫁いだ者どうしとはいえ姉妹の間であるし、ともにかつてうわなり打ちに参加した経験の持ち

主である。打てば響くといった具合なのも当然かも知れないが、はや乃にしてみればどうもはじめから仕組まれていたとしか思えない。あまりにも手際がよすぎるし、使者がおかよを無視して実家の方に赴いたのも妙である。だが、今となってはこだわりはなかった。たとえ自分たちが乗せられたのだとしても、それはそれで構わなかった。

はや乃たちが坂を下るにつれ、あちらの陣営から沸き立つ熱気がいやでも伝わってくる。はや乃の胸は心地よく早鐘を打ち、理由もなく笑みがこぼれた。

双方の距離が半町ほどに詰まると、おかよの陣営も家の前から坂下の田んぼの方へ移動しはじめた。百人近い人数が出合うには、家の前の路では手狭だからであろう。そして試し刈りの終った一画のそばで反転すると、こちらに向かって鬨《とき》の声をあげた。一団の先頭で右腕を突き上げている女は、周りから頭一つ以上抜け出ている。やはり右京と同じ目に遭っている左馬介に違いない。

やがて指呼《しこ》の間《かん》に至った右京が箒を振り回して喚《おめ》きながら駆け出すと、それを合図に両陣営の女たちもいっせいに入り乱れて取っ組み合いをはじめた。

たちまちそこら中で悲鳴や嬌声《きょうせい》があがる。

はや乃もだれかれ構わず腕のほどを振るいたくて仕方がなかったが、祖母に「まだまだ」ととどめられて、おせきたち数人の護衛役に守られながら、女たちの狂態を眺めていた。

みなが手にしているのは、すりこぎやらひしゃくやら、大して頼りになりそうもないものばかりであるが、さすがに日頃から鍛錬おこたりない遠近の女たちだけあって、そんなものでも裂帛《れっぱく》の気合いとともに打ちこんでいく。

中には勢いあまって馬乗りになって棒を振るう女や、相手の顔に鬼の形相で爪を立てている女もいるわけだが、そうしたやりすぎの女たちは大女二人がめざとく見つけて武器をたたき落とし、ひき離していく。

誰もがこぶのひとつふたつをこしらえて少々疲労の色が見え出すと、今度は右京と左馬介が戦場のまっただ中で一騎打ちをはじめた。お互い右手に箒、左手に鍋ぶたを持った状態で数合打ち合うと、あっという間に人の輪ができて、にぎやかしの声が盛んに飛んだ。

二人とも棒槍の名手だけあって、慣れない得物《えもの》でもわが手のように扱ってみせる。二人が箒を振るうたびにビュンと風を切るうなりが聞こえ、女たちの間からどよめきがもれた。

どちらも斬られる心配がないから躊躇《ちゅうちょ》することなく踏みこみ、すさまじい勢いで箒を交える。頭上にあった箒が次の瞬間には胴を薙《な》ぎ、かと思うとひっつかんだ鍋ぶたで殴りかかったり、近づけば足払いを狙ったり。まったく息つく暇もない。

そんな一進一退のせめぎ合いから右京が一気に攻めにかかると、カンカンカンッと小気味よく鍋ぶたを叩く音が聞こえたあとに、箒が柄の中ほどから折れてはじけ飛んだ。

右京は掌中に残った柄の先端をまじまじとながめながら、

「ちっ、勝負はおあずけだな」

「いや、おれの勝ちだ」

「鍋ぶたに救われた分際で何を言っておる」

「加減もせずに馬鹿力で打つからだ」

「ぬかせ」

「何と言おうが勝ちは勝ちだ」

女装していることなどとうに忘れ、まなじりを決して男の意地を張りあう二人に、女たちは拍手喝采《かっさい》をあびせた。右京と左馬介の二人は、われに返ったように照れ笑いを浮かべると、最後にもう一度睨《にら》みあってからそそくさと人だかりのうしろに下がった。

そしていよいよ祖母に促されたはや乃が前に歩み出ると、向こうからも人垣を割っておかよが進み出てきた。脇にはしっかりと母親の志のぶが控えている。

はや乃が第一声を何とするか一瞬逡巡《しゅんじゅん》すると、すかさず祖母が、

「おとなしそうな顔して人の男に手を出すなんて、どういう育てられ方をしたんだろうねぇ。まったく親の顔が見てみたいよ」

と言って大仰にあきれたそぶりをしてみせると、志のぶも動ぜず、

「あら姉さん、久しぶりで妹の顔も忘れてしまったんですか？　ご自分とそっくりのこの顔を見忘れるなんて、惚けるには早すぎやしませんかねぇ」

「まさか。実の妹とは思いもよらず、どこの馬の骨かと目を細めて吟味していただけさ。それにしても孫の夫を実の姪が寝盗るなんて、わたしは考えもしなかったよ。禽獣《きんじゅう》でもそれくらいの思慮は持ちあわせていそうなものだけどねぇ」

「禽獣の世界に仁義があるなんて、はじめて知りましたよ。これからは山にも空にも足を向けては寝られない。さっそくうちのお牛さまを座敷に上げて、朝夕《ちょうせき》おがみ奉ることにいたしましょう」

「空に足を向けて眠る人がどこにいますか。いい齢《とし》してその程度の道理も分からないなんて、本当にこの親にしてこの子ありだねぇ」

「この妹にしてこの姉ありですよ。だいたいあなたのお孫さんは、自分の夫が密通しているのに三年も気づかなかったそうじゃありませんか。ずいぶんと鷹揚《おうよう》でいらっしゃること」

「あんまり詮索好きなのも考えもの。おまえは少し耳聡《ざと》すぎるから、うちの孫の爪の垢《あか》を煎《せん》じて飲むとちょうどいいでしょうよ」

「その世慣れぬご新造《しんぞ》さまが、憤怒《ふんぬ》の形相《ぎょうそう》でうちの娘の胸ぐらにつかみかかろうとしたそうですが、あるいはわたくしの聞き違いでしょうか？」

「またそっちの罪を棚に上げてよく言うものだね。妻が夫の行状を気にかけるのは当然のこと。妾《めかけ》を持つなとは言わないけれど、淫婦姦婦《いんぷかんぷ》にたぶらかされたのでは困ります。妻として、いかなる容貌見識かを面と向かって確かめようとしただけのこと。つまらぬ因縁を申し掛けると、みずからケチをつける結果になるんじゃないかい」

「これはありがたいご忠告。けれどいつまでもこうして干からびた婆ぁどうしで罵りあっていても埒《らち》があかない。そろそろ当人のことばを聞こうじゃありませんか」

「ふん、もとよりこちらはそのつもり。おまえの塩辛声が懐かしさのあまり、ついつい売りことばに買いことばで広長舌《こうちょうぜつ》になってしまった。それではおかよ、あなたはどういうつもりで隼人どのに手を出したんだい？」

おかよは志のぶに無理矢理押し出される恰好で矢面に立つと、意外に落ちついた口調で祖母の問いかけに答えた。

「他人の夫に手を出したつもりはありません」

「現に出しているじゃないか」

「三年前、隼人どのはまだ誰の夫でもありませんでしたから」

「これは異なことを聞く。許婚《いいなずけ》でも盃を交わすまでは赤の他人だって言うのかい。はや乃、おかよに互いの立場ってものを教えてやりなさい」

今度ははや乃が祖母に押し出される番であった。

「幼い頃から夫婦《めおと》になるものとして、同じ屋根の下で暮らしてきたわたしからすれば、あなたのしたことは密通以外のなにものでもありません」

と、こちらも気持ちが高ぶっている割にはすらすらと一息に言えたおかげで、はや乃の中の緊張の糸がふっとゆるんだ。

「確かに密通はいたしました。ですが、隼人どのがわたくしの許へ忍んでお越しになるようになったのは、とりもなおさずあなたさまと真心が相通じていなかったという証拠《しるし》ではございませんか。あなたさまがしっかりと隼人どのの心をつなぎ止めていれば、そんなことにはならなかったはずです」

——本当にずけずけ言うこと。

確かに遠慮せずにかかってこいとは言ったが、まさかおかよがこれほど鋭く迫ってくるとは思っていなかった。だが不思議と腹は立たず、はや乃は心の中でひとつ武者震いをすると、

「わたしが隼人どのにないがしろにされたというならともかく、粗略な扱いを受けたことなど一度とし

てありません。三年もの間、忍んで通うばかりであったというのは、とりもなおさず後ろめたさの証拠《しるし》ではありませんか。あなたが隼人どのにとってかけがえのない存在であったなら、いつまでも隠し置かれるような羽目にはならなかったはずです」

「わたくしは引き立てていただきたいなどとお願いしたことはおろか、思ったことすらありません。隼人どのが通っていらっしゃるたびに、これが最後かも知れないと覚悟しながらお逢いしておりました。妻の座に安閑《あんかん》とあぐらをかいていたあなたさまには分かるまいと思いますが……」

「あなたの軽い尻とは違って、わたしの腰はズシリと重たいですからね」

「それほどご自分に自信がおありなら、居館にでんと居座っておられればよいのではありませんか？　わたくしなどに目くじらを立てる必要もないでしょうに」

「ええ、本当に。こうしている間にも萩丸がお腹をすかせて母の帰りを待っているかと思うと、一刻もはやく帰ってやりたい気持ちでいっぱいになりますが、そんな後ろ髪を引かれる思いを断ち切ってここにいるのです。露見しなければ何をしてもいい、などという無法がまかり通るようでは世も末。どの面下げてわが子を育てられますか。正しくないものは正しくないと、声をあげて非を加えるのは当然のことです。人としても、母としても、もちろん女としても」

「女として？　無法のなんのと言ったって、つまりはやきもちを焼いたってことじゃありませんか」

「そうですよ。あなた、わたしをなんだと思っているのですか？　平然と夫に側室を奨《すす》める高家の奥方とでも？　まさか。夫が他の女と乳くりあっている身体でわたしに触れていたのだと知ったら、腹が立たないわけがないでしょう。一度や二度なら浮気の虫の仕業と言い聞かせることもできますが、三年ですよ、三年。あんまりずうずうしいんで怒る気も失せてしまいそうですよ」

というのはもちろん嘘で、言っているうちにはや乃の中で抑えていた憤激が息を吹き返しはじめていた。ことばづかいも内容も、われながら、

——そろそろ怪しくなってきた。

と苦笑せずにはいられない。

「だいたい、隼人どのはあなたのどこに魅かれたっていうんでしょう」

はや乃がおかよに胡乱《うろんげ》気な目を向けて言うと、誰かが「そりゃあやっぱり、ねえ」と勝手に得心《とくしん》した様子で笑いを含んだ。女たちの声はさらに、

「肌が合うってやつだろう?」

「年上女の味をしめたらねぇ」

「あたしだっていいのがいたら今でも……」

「いやだねぇ、物欲しそうな目をして。あんたなんか上過ぎて誰も相手にしやしないよ」

「あら、お生憎《あいにく》さま。この熟《う》れ具合がいいって人もいるんだから」

「あんたの亭主? まったく気持ち悪い。肥えたひきがえるが二匹のたうち回っているようなもんじゃないの」

「ふん、あんたのとこなんか洗濯板とすりこぎじゃないか。ごりごりごりごり、ささらじゃあるまいし……」

とつづき、誰かの「まったく、目くそ鼻くそにもなりゃしない」というあきれ声で笑いとなってはじ

けた。

はや乃は余裕の笑みを装って、

「と言われていますが、どうなのです？」

「隼人どのに聞かれたらいかがですか。あんな年増《としま》の何がいいんだって。もっとも、聞いたらご自身が傷つくだけかも知れませんけど」

「いやらしい」

「あら、それはみな同じですよ。誰だってかわいがってもらいたいし、逆にかわいがってもやりたいものですから」

女たちは敵も味方もなく、おかよのことばにしきりにうなずき、

「そうそう。せっかく脂がのりきったときにかまってもらえないんじゃ、宝の持ち腐れってもんよ」

「宝？」

「お宝ったら決まってるじゃないの。割れ鍋に綴《と》じ蓋《ぶた》よ」

「あんたが割れ鍋？」

「当たり前じゃないの。好きなくせにかまととぶっちゃって」

「すっかり忘れていたわ。もうわたしのは綴じちゃったのかと思って」

と言った本人が屈託《くったく》なく大声で笑うと、みなつられてドッと沸いた。

今度はおかよが余裕の表情で、

「隼人どのとわたくしとは、惚《ほ》れた腫《は》れたの間柄ではありません」

「だったら何だと言うのです?」

「さあ……。何となく魅《ひ》かれあったとしか言いようがありません」

「ふうん、狐や狸に化かされたのじゃあるまいし、惚れてもいない相手のところへ三年も通いつづけるなんてことがあるものですか」

「あるのだから仕方ありません。強いてあの人の心の裡《うち》を想像するなら、何も求められないことが気楽なのではないでしょうか。夫であることも、父であることも、遠近家の跡取りであることも」

「お互いに何も求めず、何も求められず、それではあまりに寂しいでしょう」

と言うはや乃をおかよはスッと見つめたが、その眸《め》は澄んだ光をたたえて翳《かげ》っていた。

「あなたさまは隼人どのの心の虚《うろ》をどれほど感じとってこられました。確かにわたしは寂しい女でしょう。でも、だからこそ隼人どのと魅かれあったのですよ。互いに胸に穴のあいた者どうし、それを補ってくれる相手を探していたのでしょう。結局、二人とも同じ部分が欠けていて、どうにもならないのですけれど」

「それではいつまでたっても虚しいままじゃありませんか。隼人どのも罪なことをする」

「笑い話にもなりませんね」

「わたしは隼人どのに多くのことを求めます。遠近家の、ひいては遠近谷の行く末はあの人の双肩にかかっていますし、生まれたばかりのわが子に対してもお手本となる父親でいてもらわねば困ります。もちろん、夫としても、妻たるわたしを粗略に扱うことなど言語道断ですし、女盛りのあなたをこんなふうに中途半端に縛りつけておくのも同じ女として見過ごしにできません」

「わたくしは縛られているつもりなどありません」

「そんなことだから男がつけあがるのです」

「そうでしょうか……」

「ああもう、じれったい。来なくなったらそれまでと言いながら、来れば内心、仔犬のように尻尾を振っているのでしょう？　どうせあなたは自分からは離れていかないと足許を見られているから、男が都合のいいときだけ通ってあとは申しわけ程度の仕送りをして知らんぷり、なんてことになるのです」

はや乃が早口にまくし立てると、満足気な笑みを浮かべて聞いていた志のぶが口を開いた。

「それじゃあ隼人どのには、おかよを側に迎え入れるだけの器量がおありですか？」

「あったらあたしたちが今頃こうしちゃいないよ」

と祖母が応じる。

「ごもっとも。では見過ごしにできなければどうしてくれるのです」

「そりゃあ……」

「選ばせます」

何か言いかけた祖母を制して、はや乃が即答した。

「どうやって？」

「別に。好きな方を選べ、というだけです。ただし選ぶのはわたしたちとて同じ。たとえ隼人どのに選ばれたとしても、こちらで気に入らなければ遠慮なくお断りします」

「お断りと言いますと？」

「股をひらかないってことさね」

と祖母が茶化すと、またも歓声があがった。

「……そういうことです」

「と簡単におっしゃいますが、普段は犬も喰わない痴話喧嘩でも、時と場合によっては大問題。まして遠近家の当主ともなれば、夫婦和合が谷の住民の平穏無事にもつながる身です。わたくしが詰め寄ったばかりにお二人の間にひびが入るようなことになっては、みなに申しひらきがたちません」

と志のぶが少し心配げに言った。

「ありがたいお気遣いですが、大問題になるもならぬも人次第です。みなに迷惑をかけるようなら、所詮その程度の器量でしかなかったということでしょう。逆にわたしたちを偏頗《へんぱ》なく満足させられる度量があるならば、両手でも両足でも好きなだけ花を持っていただいて結構です。どうですか、おかよさん」

「あなたさまがそのおつもりなら、わたくしの方でも異存はございません。次にお越しになったときには、今さらながらきちんと手順を踏み直していただくことにいたしましょう。まずは夜這《よば》うてもらうところからはじめませんと。夫の源内が隼人どのの乳母児《めのとご》だったという縁だけで、これといった馴《な》れ初《そ》めもありませんでしたから」

おかよは恥じらう様子もなくあっけらかんと言った。するとさきほどお宝云々の話をしていた女が再び、

「そうそう、やっぱり味見が大切だね」

「馬鹿。あんたときたらそれしか興味がないのかね。おかよさんが言っているのは、女に心張《しんは》り棒をはずさせるまでの努力が見たいってことだよ」

「かき口説いたり、文をさしだしたり、贈り物をしたりってことかい？　まどろっこしいねえ。あたしなら目と目が合えばそれだけでピッと分かるけれど」

「何言っているのさ。そりゃあんたと亭主のあっちの合図の話だろう」

「あらご明察」

この二人に好き勝手にしゃべらせておくと、どうにも品下がっていけない。はや乃は周りの女たちと一緒に笑いころげ、目尻ににじんだ涙をぬぐうと、

「三年も気づかなかったわたしもわたしですが、ずるずるとごまかし通せると思った隼人どのもずうずうしい。おかよさんなら訪《おとな》えば拒まれないと思っていたんでしょうけれど、どこぞの遊女《あそびめ》じゃあるまいし……」

はや乃が吐き捨てるように言ってため息をついてみせると、祖母がニッと笑って、

「そう言えば、隼人どのは四月《よつき》あまりも京にいたんだねぇ」

「それがどうしたのです」

「むこうにはいるだろう？　海千山千の本物が」

「毛穴の奥まで白粉《おしろい》くさくして帰ってくるんじゃ困りますが、所詮は一夜限りのことですから」

「どうだか。ま、こういうことはお京に聞くといいね。放浪中にさんざっぱら世話になったろうから」

女たちの視線がいっせいに右京に注がれた。

右京は一瞬ギョッとした様子で目を見開いたが、ゴクリとつばを飲み込むと、もっともらしく咳払いなどをして落ちつきを取り戻した態で、

「聞くところによると……遊女も人外《じんがい》の化生《けしょう》じゃありませんから、心根はやさしい者が多いそうですよ。ほどほどをわきまえていれば、文無しになったり、死出の道連れになったり、なんてことはありますまい。ただ、中には神も仏もいかんともしがたいような性悪女がおるそうで、そんなのが女衒《ぜげん》や遣り手《や》婆ぁと結託した日には、山出しの田舎者など尻の毛まで丸裸にされるのが関の山。ひどいのにつかまると、女抱きたさに押し込みをはたらいたり、欲張りすぎていくさ場で命を落としたりなんてことにもなるそうですよ。あくまでも聞いた話ですからね」

「にしちゃぁ詳しいこと」

「三十過ぎまで独り身を通してきたおかげで、すっかり耳年増になってしまいました」

右京がなよついた手つきで言うと、そこかしこから失笑が洩れた。

「ふうん、あなたはどうなのです？」

襷《たすき》はちまきも凛々《りり》しいおひさが、傍《かたわ》らにいた夫の左馬介に水を向けた。

「ん……いや、わたしに聞かれても……」

「いいから素直に答えなさいな。行ったことがあるの？　ないの？　どっちなのよ」

「まあまあ、若い時分はなぁ」

「行ったのですね」

「知らぬが仏ということもある」

「説法を聞きに来たんじゃありませんよ。わたしは男の人の性根を知りたいのです。男の人ってのはそんなにこらえ性のないものですか？」

右京にむいていた興味津々の視線が左馬介をとり囲む。

「まあ、我慢できることとできないことがあるからの。どんな英雄豪傑でもそればかりは……おい右京、おれにだけ答えさせていないで何とか言え」

右京は左馬介の狼狽《ろうばい》などどこ吹く風で、意地悪い笑みを浮かべながら、

「で、どうなのです。行ったんでしょう？」

「くそ、味方は誰もなしか」

「隼人どのは夜這《よば》いの作法などご存じないでしょうから、左馬介さんがしっかり手ほどきしてさし上げてくださいな」

「そりゃ、おまえの得意とするところだろうが。なんなら夜這った相手をここで洗いざらいぶちまけてもいいのだぞ」

「おい、よせ。おれが悪かった。いいかみな、身持ちの堅い左馬介ですらふらふらと色香に惑わされるのだから、京へ上っているあなたがたの亭主連中が色街に行ったらひとたまりもないと考えてよろしい。しかしいちいち咎《とが》めだてするのは互いのためになりませんぞ。男なら一生に一度くらいは思う存分もてみたいもの。夢くらいみさせてやりなされ。現《うつつ》はほれ」

と右京は辺りをぐるっと見渡して、

「鬼がわが家で待っておるわ」

女たちは、自分のことをからかわれてひときわ大きく笑った。何本もの手が右京をはたいているが、青筋を立てている顔はひとつもなかった。

――これでよかったのかしら。

実のところ、今日解決したことはなにもない。すべては今後のなりゆき次第ということを確認しただけである。だが、はや乃は心の底にたまっていた澱《おり》が、みなの笑顔と猥雑《わいざつ》な声の中に、音もなく溶け出していくのを感じていた。それはきっと、おかよも同じだろうと思った。

はや乃の視線が敵陣のおかよとぶつかると、どちらからともなくかすかにうなずきあった。おかよがふっとほほえむのを見て、はや乃の口許も自然とほころんだ。

――やっぱりよかったんだ。

ほっとした途端になぜだか涙がこぼれそうになって、はや乃はもう一度、無理矢理に笑ってみた。

隠居犬（クロガネ婆さんの昼下がり）

寝そべっていたクロガネが、顔も上げずに耳だけをピンと立てた。どこか遠くから、人間たちの馬鹿騒ぎが聞こえる。それも揃いも揃って甲高い声ばかりだ。そういえば屋敷の中から女の臭いがすっかり消えている。なぜかこのところは男の気配も以前より減っていたから、これではほとんどもぬけの殻に違いない。

――不用心な連中だ。

クロガネが面倒くさげにまぶたを持ち上げると、ちょうど縁側に腰かけている静音《しずね》と目があった。その膝の上では、白布にくるまれた萩丸が身じろぎもせずにこちらを見つめており、さらに隣には夫の実秋《さねあき》が寄り添って、だらしなく相好《そうごう》を崩しながら赤子の顔をのぞきこんでいる。

クロガネは重い身体をゆっくりと起こすと、一歩一歩確かめるように三人の足許へ近づいていった。この屋敷で一番偉いのは実秋であり、その次が静音である。どんなときでも挨拶くらいはしておかねばならない。

「お、クロが起きたぞ」

「はや乃たちの声が聞こえたんでしょう」

――やれやれ。

それにしても、三人の存在に気づきもせずに寝入っていたとは、われながら衰えたものである。若い頃は甚助《じんすけ》とともに野山を駆け回り、どんな小さな物音も、風にまぎれたかすかな臭いも決して逃すことはなかったというのに、近頃は情けないほどよく眠ってばかりいる。ここでは見張りは人間の役目であるから、特に何かを期待されているわけではないのだが、やはり引け目を感じずにはいられない。甚助にはとても見せられない姿である。

「おまえもすっかりお婆さんじゃなぁ。毛並みもずいぶん白くなって、いっそ名前を変えるかね」

実秋がクロガネの頭をワッシとなでながら言った。

「クロははや乃と同じ齢《とし》ですものね。十八年といったら、犬にしては稀にみる長生きでしょう?」

「そうじゃな。こどもも何匹産んだことか。はや乃はようやく一人目だというのに、おまえはもう、孫や曾孫まで大勢いるのう」

クロガネは谷のあちこちで黒毛の犬に出くわしても、それが自分の血をひいたものなのかどうか、よく分からなくなっていた。誰かの臭いをかぎ分けることはできても、自分の臭いとなるとなかなか判断が難しいものである。だいたい、生まれたこどもは大きくなる前に、みんなどこかしらに連れて行かれてしまったし、数も多すぎて覚えてはいられない。いつでも一緒にいたのはこどもよりも甚助やその仲間たちであり、今ではこの屋敷が自分の居場所である。

「なんだか最近は寝てばかりいますが、大丈夫でしょうか?」

「うむ。もしかすると、甚助に会えるのも今度が最後になるかも知れんな」

「忘れてはいないでしょうね」

「まさか。飼い主を忘れるほど惚けてはおらんだろう……とも言いきれんか」

「覚えているわよね」

クロガネは静音の柔和な顔を見つめてひと声吠えた。そのついでに赤ん坊の肉付きのいい足の裏を舐めてやると、萩丸が「けけけ」と妙な調子で笑った。

「しかしおまえも大変な世の中を生きてきたのう。いくさに探索に駆り出されて、おちおち猟をしている暇もないくらいじゃったろう。おまえがいなければ甚助もろくに働けなかったであろうし、そうなればわしも手詰まりでどうしようもなくなるところであった。おまえはおまえの役割を充分に果たしてくれた。本当にご苦労じゃったな」

クロガネは実秋の脛《すね》に頭をこすりつけた。あまり一度に言われると中身を理解できないが、どうやら褒められているらしいことは分かる。

「そうねぇ。こどもたちの遊び相手にもなってくれたし。あなたには迷惑だったでしょうけど」

と静音がクロガネの背中をそっとさすった。萩丸がよだれを垂らしてうなりながら手を伸ばしてくる。クロガネはその中途半端に開かれた手の先をかすめるようにしてくるりと身をかわすと、実秋の足許で身体を丸めた。

——萩丸はまだいいほうだ。

何せよく眠る赤子だからさほどつきあわされることもないし、起きているときも適当にあしらってやればいつも上機嫌である。それに比べてはや乃は、まったく手に負えないやんちゃ者であった。甚助に連れられてこの屋敷に来るたびに、はや乃にはさんざん耳を引っぱられたり飛びつかれたりしてまったく閉口した。お互いにある程度大きくなると、どちらが上かでとっくみあいになることもしばしばであった。もちろん本気を出せばあんな小娘など屁でもないが、泣かせるとあとが厄介である。愛嬌《あいきょう》のある子で皆に好かれていたから、どうしたって自分が悪者にされる。結局、最後は根負けして、はや乃の言いなりになるのであった。

そのはや乃がいつの間にか見上げるほど大きくなって、つまらぬちょっかいも出さなくなっていた。自分ははや乃と争っていた頃から少しも変わっていないというのにである。萩丸もいずれは自分を追い抜いていくのだろう。迷惑をかけられなくなるというのも、なんだかいくらかはさびしいものである。

だが、一番辛かったのはやはり甚助に必要とされなくなったときであった。いくら甚助が人間にしてはおそろしいくらいの脚の持ち主だといっても、山の中で熊や猪と対等に渡り合うことはできない。自分の耳が、自分の鼻が、最後に獲物を鉄炮でしとめるところまで甚助を導いていたのである。いくさに出ても、胡乱《うろん》な人間を狩り出すときも、甚助の前を歩いているときは誇らしかったし、彼の命を握っているという緊張感が心地よくさえあった。なのに甚助は、ある日、鉄炮だけを担いでどこか遠くへ行ったきり、滅多に帰ってこなくなった。

はじめのうちはなぜ自分が置き去りにされたのか分からずに、ただひたすら甚助を待っていたが、だらだらと同じような毎日を送るうちに、その理由がのみ込めるようになった。

緊張感を解いてみると、立ち上がることすら億劫《おっくう》になることがしばしばなのである。先ほどのように人が近づいても気づかなかったり、以前の調子でこどもとつき合うとあとでドッと疲れたりする。これでは甚助の命を守れないばかりか、足を引っ張るだけであろう。自分の衰えを見抜いた甚助は、少し早めにお役御免にしたのに違いない。

――この人たちもすっかり老けたな。

クロガネは前脚に顎《あご》をのせたまま、実秋と静音を上目遣いに見やった。

「権六谷戸の馬鹿騒ぎが、案外はっきりと聞こえるものだの」

「あれだけの人数ですもの。周りの村にも聞こえていますよ。萩丸はお母さんの声が分かるかしらね」

静音が萩丸を軽く抱え上げて頬ずりした。

実秋が顔を寄せると、萩丸は満面の笑みで祖父の鼻をがっちりとつかんだ。

「お、わしにも」

「あら」

苦笑する実秋を、静音が珠をころがすような声で笑った。

――変わらないものだ。

自分が生まれたときから、この夫婦はここでこうしてむつまじく暮らしていた。誰かが死んだりいなくなったりしても、二人の姿が屋敷から消えることはなかった。甚助がいないのは残念だが、その二人がいて、右京がいて、好敵手だったはや乃がいて、ときおり左馬介も顔をのぞかせるこの場所で、自分はじきに死ぬだろう。それはとても当り前のことのように思えて、クロガネは大きなあくびをひとつした。

味噌っかす（右京、惚れた女について渋面で語る）

一

左馬介の屋敷で女装を解いた二人が出てきたときには、権六谷戸のゆるやかな谷間は先刻までの狂騒が嘘のように秋日《しゅうじつ》の静けさを取り戻しつつあった。村をあとにする女たちの最後尾がちょうど高みの向こうに消えようとするところで、かしましさの残滓《ざんし》だけがかすかにここまで聞こえてくる。

見上げれば、さきほど大きな翼をひろげて中空をすべるように飛んでいた鷹の影はなく、代わりに一群れの渡り鳥が隊列をなして南へと飛んでいく。その空はすっきりと澄んで高く、陽射しもやわらかで心地よかった。

「まだひぐらしが鳴いておるな」

右京は空に向かって大きくのびをしながら言った。

「これからはつるべ落としに日が短くなる。日中は暑さが残るが、朝夕は格段に過ごしやすくなるはずだ。でなければ、刈り入れなどしんどくてやってられん」

と左馬介が少し大げさな口ぶりで言った。

「夏場の草取りは寿命が縮んだからな」

「また手伝いに来てくれるか？　こっちは猫の手も借りたいくらいだ」

「隼人どのの帰還は収穫のあとになりそうだし、他に適当な言い訳も見つからんか。まあいいが、来年の田植えは勘弁してくれ」

「なぜだ」

「早乙女の恰好をさせられる」

「もう懲りたか」

「いや、そうでもないが」

「ではなんだ？」

「くせになるといかん」

二人が顔を見合わせて笑った。とそこへ、

「叔父さま」

と近くで呼びかける声がした。目を向けると、敵どうしだったはずのはや乃とおかよが揃ってほほえみをたたえながらやってくる。

「なんだ、まだいたのか」

「助太刀のお礼をしておこうと思いまして」

「これきりだからな。次は肩入れせんぞ」

「あら、どちらにですか。叔父さまはわたしよりもむしろ、おかよさんに同情的だったような気がしますが……」

「おれは丸くおさめたかっただけだ。誰が傷つくでもなくな」

「だったら望み通りになったのじゃありませんか、左馬介さんのお力添えもあって。それに珍しい恰好まで見せていただいて、ありがとうございました」

はや乃とおかよが交互に男二人に頭を下げた。左馬介は苦笑しながら、

「正直、あの年寄り姉妹やうちの奴に否応なく巻き込まれたようなものでしたが、まずは遺恨も残らず重畳《ちょうじょう》というものでしょう。ただ、右京どのが心情的におかよさんを見捨てておけなかったのは確かです。同じような境遇の人に心惹《ひ》かれておりましてね」

「余計なことを言うな」

と右京は左馬介を軽く睨《にら》んだが、はや乃はそんな右京に、

「あら、叔父さまも隅に置けませんね」

と冷やかすような視線を向けた。

「おまえの期待するような話ではない」

「では、なんなのです？　叔父さまのいい人ではないのですか？」

「だった、と言うべきだろうな。もうこの世にはおらんのだ」

「…………」

表情を曇らせるはや乃に、左馬介が村の入口の方を指さしながら言った。

「あの高みの木陰に、丸石が一つころがっているのをご存じですか?」

はや乃が無言で首を振った。

「右京どのが遠近谷に戻ってきて、最初にしたのがあそこに石を置くことでした。そこらへんから拾ってきたただの苔むした石なのですが、一応は墓のつもりらしいですよ」

「一応、は余計だ」

「本人はそう言っておりますが、どちらが正しいかは見れば分かります」

「……それほど大切な人だったのですね」

「ある意味、命の恩人ですよ」

右京が答える前に左馬介が口をはさんだ。

「そうなのですか?」

「まあ、結果的にはな。あの人に出逢わなければ、おれはおそらく陣場稼ぎから足を洗うこともなく、遅かれ早かれ野辺《のべ》に屍《しかばね》をさらしていた」

「きっと素敵な方だったんでしょうね」

「違うと言ったら化けて出られそうだ」

「おぬし、どうせならもう少しきちんと話をしたらどうだ。のろけ話でも聞いてもらうだけの値打ちはあると思うがな」

左馬介が右京の目を覗きこみながら言った。はや乃とおかよの視線も、ジッと右京に注がれている。

——まあ、な。

お倫との思い出は、触れられたくない記憶というわけではない。面影は瞼《まぶた》の裏にも胸の奥にもしっかと焼きついて消えることはないし、耳には閨《ねや》での甘美な声音すら残っている。だが、左馬介が話させようとしているのは、無論そんなことではない。

「おぬしが必要と思うところをかいつまんで話せばいい。それで充分だ」

友の心中を推し量ったように左馬介が目顔で促すと、右京の胸に、お倫と出逢った日の光景がパッとよみがえった。あの日もこんな小春日和で、稲穂は黄金《こがね》にかがやいていた。それに比べて自分の姿は、死にたいくらいにみじめであった。

二

遠近谷を出奔《しゅっぽん》して以来、右京は馬鹿の一つ覚えのように槍ばたらきをつづけていた。戦国の世は徐々にいくつかの地方覇者の下《もと》にまとまり出していたが、なおも太平の世と言うにはほど遠く、五体さえ満足なら稼げる場所などいくらでもあった。東は関東から西は九州まで、右京はいくさがあると聞けば気まま足ままに赴き、さしてあてにならない恩賞とひきかえに平然と命をなげうった。

遠近谷にいたときには思いもよらなかったことだが、陣場《じんば》稼ぎを生業《なりわい》とする男たちの中には、右京と同じように出世には目もくれないという連中が意外なほどに多かった。彼らは終《つい》の棲家《すみか》もなければ妻子も持たず、銭が底をつけばどんな危険な仕事でもやってのけた。誰もがいずれ討死することなど承知の上で、それでも砂塵《さじん》が舞い、怒号が飛び交うあの異様な空間から離れることができないのであった。

そんな彼らに敵としても味方としても、もっとも多くの稼ぎの場を与えてくれたのが織田信長であった。かつて遠近谷をも巻きこんだ大包囲網をどうにか脱した信長は、右京が修羅《しゅら》界に沈んでいる九年の間に武田を破り、一向一揆を降伏させるなど年中行事のごとくいくさに明け暮れ、畿内と周辺各国の大半を膝下《しっか》に納めるまでになっていた。だが、それはすなわち北の上杉、東の北条、西の毛利といった戦国屈指の強敵たちと一斉に境を接するということでもあり、天下布武の道のりはむしろそこからが本番と言えた。

そして右京の人生を変えた天正九年の秋を迎える。

このとき、織田信長に中国地方攻略を任せられていた羽柴秀吉が山陰における毛利方の拠点、鳥取城を包囲したままおよそひと月が経過していた。もとより羽柴方に力押しの意志はなく、周到に準備を整えた上での兵糧攻めであったから、いずれ落城するのは時間の問題と思われた。ところが毛利の援軍が大挙して押し寄せるという噂がにわかに広まり、さらにそれに対抗すべく信長も自ら出馬の動きを見せたおかげで情勢は一変する。織田と毛利の総力をあげての決戦となれば、目下これを上回るほどの重大事は考えられない。退屈な持久戦は突如として絶好の稼ぎ場と化し、目の色の変わった男たちがこぞって鳥取城に群がりだしたのである。

右京も愛用の手槍をひっさげて、ひさしぶりの大いくさの予感に胸躍らせながら、俄然《がぜん》きな臭さを増した鳥取表を目指した。危地に飛びこもうというのに、どこかで懐かしいわが家に帰るような感覚があったのを、その時点では気にもとめなかった。

だから途次の峠の茶屋で、いかにも戦場往来の雑兵然とした四人組に出くわした際、一瞬とはいえ気を許してしまったのも無理はなかった。ふてぶてしく笑い、抜け目なく相手を観察し、眸《ひとみ》の奥に凶暴さを宿す彼らが他人には思えないほど、おのれの心がすさんでいることに気づいていなかった。そうして自分たちもちょうど鳥取に出張るところだと言う彼らの差し出す杯を、景気づけの一杯くらいならと受けてしまったのが命取りとなったのである。

味方に対しても懐をさらしてはいけないことくらい、いくさ人の常識であるが、それに思い至ったときにはすでに手足の自由を失っていた。どうやらしびれ薬の類を混ぜられていたらしく、豹変《ひょうへん》した男たちの前に右京はなすすべもなかった。抵抗らしい抵抗もできないまま、槍もなけなしの銭もきれいさっぱりはぎ取られ、あとには吐き気と無様《ぶざま》さだけが残った。

——とにかく、いくさ場にたどりつかないことには始まらん。

と、気力をふりしぼって主の逃げ去った茶屋をあとにしたが、ものの半里もいかないうちに足腰が立たなくなってしまった。動いたせいで毒が身体のすみずみにまで回ったのだろう。右京はやむなく近くにあった草堂に転がりこみ、倒れるように横たわって目を閉じた。

三

そこが村はずれの薬師堂であるということは、あとで知った。

右京を夢幻境から引き戻したのは、女の短い悲鳴と、それにつづいて戸を蹴り開ける荒々しい音だった。

右京が重たいまぶたをどうにかこじ開けると、逆光の中から女を抱えた牢人風の男が堂内に入ってくるのが目に映った。男は右京を見て一瞬驚いたようだったが、ぐったりしたままの女を下ろすと、野卑《やひ》な笑みを浮かべて言った。

「邪魔はするなよ」

「…………」

「なんなら分けてやってもいいんだぜ」

——どこもかしこも同類だらけか。

右京は口許をゆがめて苦笑した。その自嘲を了解のしるしととったのか、男は急いで腰ひもを解くと、女の胸をはだけて覆《おお》いかぶさった。

意識を取り戻した女が、おのれの胸に顔を埋《うず》めている牢人の姿を見てまたも悲鳴をあげようとしたが、すぐに男のぶ厚い掌にふさがれて息をつめた。必死に顔をそむけた女の目が、恐怖の色も露《あらわ》に右京を見つめていた。

——まあ、そうだろうな。

この状況では、牢人者の仲間だと思われて当然である。右京は他人のもののように血の気の感じられない身体をゆっくりと起こすと、女の豊かなふくらみにむしゃぶりつかんとする男に言った。

「よせ」

「……なんだ、文句があるのか」

「無理矢理というのは感心せん」

「こっちも長いこと女日照りでね。おこぼれに預かりたいなら、聖人ぶらずにおとなしくしていろ」

「村の女をさらってきたのか？」

「人聞きの悪いことを言うな。たまたまこの裏で逢い引きしているところに出くわしたのさ。野郎の方はまだガキみてえな生っちょろい奴だったから、ちょいとのしてやったがな。あんな年下をたぶらかすなんざ、とんだアマだぜ」

「そうなのか？」

右京が訊ねると、女は男の手の下で首をよじり、ふるえる眸で訴えた。浅黒く日に焼けたその顔立ちは、自分と同じく三十前後に見えた。

「違うと言っているようだが」

「だとしても関係ねえ。減るもんでもなし」

「これ以上言わんぞ。やめておけ」

男の目に憎しみと殺気が宿った。

「手出しをするなら容赦《ようしゃ》しないぜ」

男が右京に向き直り、床に置いた刀に手をのばそうとすると、その手に女が噛みついた。

「何しやがる、このアマ！」

男は力任せに手をふりほどくと、たてつづけに女の頬を二度、三度と張った。

「ちっ」

――こんなときに限って。

右京は力のこもらない両手で上体を支えると、投げ出すように体当たりをくれた。そしてもつれあいながら男の首に腕を搦《から》めると、ひねりたおして馬乗りになり、固く握りしめた右の拳を振り下ろした。

男は血走った目で睨みつけ、右京の髪をつかんだり口に手をかけたりと死にものぐるいの抵抗をみせたが、拳が叩きこまれるたびにその力は弱くなっていった。男がチラッと床の上を探るような視線を向けたときには、刀はすでに女の胸に鞘《さや》ぐるみ抱えられていた。

右京はぐったりしはじめた男に対して、なおも力いっぱい握り拳を振るった。心のどこかでは、

――このままつづけたら殺してしまうな。

と分かっているのだが、胃の腑のむかつきは消えないし、拳のおさめどころも見あたらないのである。

「ちょ、ちょっと！　やりすぎだよ」

と女が羽交《はが》い締めにして止めてくれなければ、右京は他人《ひと》事のように殴り殺していたかもしれない。

右京は男の身体から離れ、力なく壁にもたれかかると、

「すまない……」

とつぶやくように言った。

「別に謝ることじゃないですよ。こっちは助けてもらったんだし。でも……大丈夫ですか？　なんだか具合が悪そうだけど」

「どうかな」

「どうかなって……」

「一服盛られた。まあ、とりあえず死んではいないようだが」

「一服って毒をですか？　それは……あの、誰か呼んでくるまで待っていてくれますか」

女ははだけた着物の前を合わせると、あわただしく駆け出し、

「ほら源太さん、いつまでそんなとこでのびてるのさ。動けるんならさっさと起きて中に入っとくれ」

と若い男をひきずって戻ってきた。

「こっちのお人は命の恩人だから、間違えるんじゃないよ。大の字になっている方は縛りあげて川に沈めたっていいからね。じゃあ、少しの辛抱ですからね」

女は一人でまくしたてると、三人の男を堂内に残して走り去った。

源太と呼ばれた男の顔には痛めつけられた跡がくっきりと現れていた。目の周りは赤く腫《は》れ、鼻と口からは糸のように血を滴らせている。本来は筋の通ったいい男ぶりのようであったが、まだあどけなさの残る表情がどこか気弱なところを感じさせた。

「よお」

右京が声をかけると、源太は黙って会釈を返した。

「おまえ、あの姐《ねえ》さんといい仲なのか」

「……そんなんじゃねえよ」

源太は牢人の手足に紐《ひも》を回しながら、憮然《ぶぜん》として答えた。

「ふうん、そうか。にしても、いいところを見せられなかったな」

源太は血の乾いた口許を噛みしめると、

「……情けねえ」

とつぶやいて、右京から顔をそむけた。強がる少年の心中を察するにはそれで充分であった。

──まったく、情けねえよな。

右京は薄ら笑いを浮かべながら、ゆっくりと身体を横たえた。そして逆流しそうな胃の腑の動きに閉口しながら息を深く吸い込むと、カビくさい堂内の空気が胸を満たした。

四

右京がパチリと目を開けると、キラキラ光る好奇の視線とぶつかった。戸口の陰からこちらをこっそり覗いているつもりらしいが、どこもかしこも丸見えである。

右京は笑いをこらえ、ガバッと身体を起こして両手をふり上げると、

「こらぁ!」

と声を張りあげた。

こどもたちは歓声をあげて駆け出すと、

「お倫さん、おじさんが起きたよぉ」

と口々におのれの見た様子を報告している。

右京は顎がはずれるかと思うような大あくびをすると、もう一度仰向けになってめいっぱい手足を伸ばした。

「ほらほら、分かったからそんなにひっぱらないで」

と昨日の女がこどもたちに袖や裾をつかまれて入ってくると、

「気分はどうですか？」

青あざの残る口許にえくぼを浮かべて言った。

「節々が痛むが、まずは大事ない」

「よかった。毒だなんて言うから心配したんですよ」

女は上がり口に軽く腰を下ろしてほほえんだ。束ね髪に刺さったかんざしの、鮮やかな紅の玉飾りが目を惹《ひ》いた。

「すまない。すっかり世話になってしまって」

「何言ってるんですか、当り前のことをしたまでですよ」

女の腰にぶら下がっているこどもが、ですよぉ、と口をまねると、他のこどもたちがケタケタと笑い転げた。

「あんたの子かい？」

「とんでもない。あたしは瘤《こぶ》なしの独り身ですからね」

ですからねぇ、と同じこどもがまたもくりかえし、今度はうふふ、と口ごもって笑った。

「まったく生意気なんだから。ほら、外に行ってなさい。じきに徳庵のおじいちゃんが来ますからね」

こどもたちは右京の顔を興味津々に見つめながら、

「じゃあね」

と元気に飛びだしていった。

「起こしちゃったんじゃありませんか」

「いや、そんなことはない。それに、ああいう無邪気なのを見ていると、こちらまで明るくなる」

「ならいいですけど。あ、わたしの名前は……」

「お倫さんだろ」

「あら、言いましたっけ？」

「さっき聞いていた。おれは右京だ。ただ右京と呼んでくれて構わない」

「なんだか気がひけますけど」

「名前があるだけありがたいくらいさ」

「そう。じゃ、右京さん」

「さんづけしてもらえば、なお結構」

「おかしな人」

お倫はコロコロと笑った。肌が浅黒く、容姿は十人並みといったところだが、笑い声が秋の虫の音のように心地よかった。

「右京さんったらただでさえ大きいのに、足腰が立たないもんだから、ここまで連れてくるのに苦労したんですよ」

「面目ない」

「でも丈夫な人でよかった。あとで徳庵さんにもお礼を言ってくださいね。前の庄屋さんなんですけど、薬を用意してくれたのはあの人ですから」

「分かった。ところで昨日の兄さんはどうしたね？」

「源太さんなら少しへコんでいたけれど、なんてことはないですよ」

「鼻がか？」

「いやだ、気持ちがですよ。鼻は曲がっただけ」

「そりゃ難儀なことだ」

「嘘ですよ。大丈夫、ピンピンしてますから」

「なんだ、嫁のくれ手がなくなるかと心配して損した」

二人が顔を見合わせてひとしきり笑うと、またもこどもたちの歓声が聞こえてきた。お倫は耳をそばだて、

「ちょうどいいところに来たみたい」

そう言って腰を上げると、

「すみませんけど、わたしはこれから畠仕事に出なくちゃいけないんで、あとは徳庵さんとお話ししてくださいな。明るいうちに帰ってきますから」

お倫がさっそく身支度にかかると、

「徳じいちゃんが来たよ」

と幼い先触れが姿を見せ、つづいてにぎやかなのを大勢ひきつれた小柄な老人が戸口に現れた。

「おまえたちは外で待っておいで」

老人が小さな頭をなでながら言うと、こどもたちは意外なほど素直に従った。

「あの元気さを分けてもらいたいものだの」

「あら、それ以上ですか」

「齢をとるほど欲深くなるようでな。昨日の方の具合はどうですか？」

「一安心ですよ。軽口たたく余裕があるもの。ねえ、右京さん」

「うむ、薬をいただいたそうで。感謝のしようもござらん」

「いやいや、あなたの呑んだのがちょっとしたしびれ薬程度だったから助かっただけですよ。わたしがさしあげたあれはね、解毒薬なんて大層なものじゃありません。煎《せん》じる前のものはまあ……知らぬが仏でしょうな」

そう言って徳庵はほっほっと笑った。

「徳庵さん、すみませんけど、あとをお願いしていいですか？」

「もちろんですよ。気にせず早く行きなされ」

「右京さん、ぼろ小屋ですけど、ゆっくりしてくださいね」

お倫は頭の後ろで手ぬぐいを結びながら、あわただしげに出ていった。それを見ていた徳庵が、

「元気な人でしょう？」

「まったく」

「今は刈り入れの時期ですからね。あの人がいるのといないのとでは、仕事のはかがまるで違います」

「はたらき者ですな。ずっと独り身なので？」

「出戻りですよ。嫁いでいる間に母親と弟が亡くなり、戻ってからは父親と暮らしていたのですが、数

年前のいくさに出たきり帰りませんで。まあ、本人も独り身が気楽だと言うので、ここしばらくはやもめ暮らしです。あんまり元気なんで他の女房連中が、なまじ亭主を持つとろくなことがない、なんて羨《うらや》むくらいで……失礼ながら右京さんは？」

何気ない世間話をする徳庵の眸の奥に、右京は油断ならない鋭さを感じた。

――素性を見極めにきたか。

村に胡乱《うろん》な者を入れたがらないのは当然のことである。いくら村の女を助けたとはいえ、自分が身の上も知れないよそ者であることに変わりはない。

「恥ずかしながら、この齢になっても陣場借りを生業《なりわい》とするその日暮らしでして、連れを養うことなど到底おぼつきません」

「これからどうなさる？」

「恥かきついでに申しますと、実は身ぐるみ剥《は》がれて無一文でして。おまけにひとはたらきしようにも商売道具まで持って行かれて、どうにもこうにもお話になりません」

「とりあえずは身体を休めることですよ。それが心を休めることにもなる」

「ご丁寧に申し訳ない」

「まずは村を歩いてごらんなさい。あなたのことはすでに村中の者が知っておりますから、決して粗略にはいたしますまい」

だからといって歓迎されていると勘違いするほどおめでたくはない。さきほどのこどもたちの屈託《くったく》のないまなざしと違って、おとなたちの視線は一見温かいようでも、どこかにはねつけるような冷たさを隠しているものである。右京は流浪《るろう》の途次で一宿一飯の世話になるたびに、そういう目で見られることに慣れっこになっていた。

「お休みのところをおじゃましましたな」

徳庵は立ち去り際に戸口の外でふりかえって、

「そうそう、お倫さんを襲ったならず者は、村の若い衆で袋叩きにしてほうり出してやりました。右京さん、いくさばたらきに飽いても、生きる道などいくらでもありますよ」

と言った。

右京は口許の微笑でそれに答えた。あの牢人も、境遇は自分と大差ないはずである。恩人とならず者と、違いはほんの紙一重でしかない。

徳庵を囲むこどもらの歌声が聞こえる。

道はどこまでもつづいている。だが、自分はどこへも行けないような気がした。

五

翌日、右京は村の普請作業に出た。昨日の話を覚えていた徳庵が、朝早く右京の様子を見に来たついでに、よろしければと紹介してくれたのである。

村の東手を流れる青野川の堤が一部決壊《けっかい》したらしく、本来は村仕事として補修すべきところであるが、稲の刈り入れ時期と重なって人手が足りないため、右京には加勢として特別に手間賃を支払ってくれるということであった。

お倫は、

「しばらくのんびりしていたらいいのに」

と言ってくれたが、そうそう只飯を喰らいつづけるわけにもいかない。お倫のやもめ暮らしが決して楽なものでないことは家の様子を一目見れば分かったし、たとえ明日にも立ち去るとしても、世話になった礼くらいはしておきたかった。

徳庵に連れられて普請現場に赴くと、十人ほどの頭数が揃っていた。はたらき盛りの男というと右京くらいで、多くは白髪混じりの老人である。中には髭も生えそろっていない若いのや、腕っぷしのたくましい嬶《かか》ぁも混じっていた。ヒョロッとして頼りなげなのは他でもない、お倫と一緒にいた源太である。

「よお、また会ったな」

と右京が気安く声をかけても、源太は素っ気ない会釈を返すだけであった。こどもなりに、内心忸怩《じくじ》たるものがあるのだろう。

作業自体はさほど難しいものではなかった。決壊した箇所は小さく、しかもおおよその応急処置はなされていたから、あとは土嚢《どのう》を積んで水の流れを堰《せ》き止め、その間に堤をしっかりと搗《つ》き固めればよかった。

陽射しはひきつづき心地よい秋の色で、頬をなでる風もやわらかく、作業をするには絶好の日和であった。それでも土を掘り出してはモッコで運ぶ、ということをくりかえしているうちに、全身がじっとりと汗ばんでくる。

見ると源太はおのれの腰回りほどもありそうな胴突きをかかえ、他の者が一息ついている間でも黙々と堤を固める仕事をつづけていた。

「あいつ、よくはたらきますな」

と、右京がともにモッコをかつぐ相棒に話しかけると、四十がらみの胸のぶ厚いその女は、よくぞ聞いてくれたと言わんばかりに身を乗り出し、

「源太のところは親父さんがいないから、その分まで頑張っているのさ。健気《けなげ》だねぇ」

「ははあ」

「お倫さんとこと同じで、いくさに行ったきりなのさ。まあ、死んじまったんだろうね。はたらき手がいなけりゃ、本当は村仕事を軽くしてもらえるのに、源太は律儀につとめてるのさ。いつか親父さんが帰ってくると信じているのかも知れないねぇ。それと、ここだけの話だけど……」

と女は声をひそめて、

「あたしの見たところ、あの子はお倫さんに懸想《けそう》しているね。間違いない。だからあんた、お倫さんの亭主におさまるつもりなら早いとこどうにかしたほうがいいよ、ね」

女は勝手に決めつけると、妙な目配せをしてモッコを担ぐ手に力をこめた。

——どうにか、ねぇ。

右京のような屈強な男をひとつ屋根の下に泊めるからには、お倫の方にもそれなりに好意はあるのだろう。仮に挑んだならおそらく拒まれなかったろうが、襲われかけたところを救った自分が手を出したのでは、何とも具合が悪いことになる。おかしなことにならないうちに退散した方がよさそうだった。

日が中天からくだり出す頃には作業も大詰めにさしかかり、手の空いた者はあと片づけをはじめていた。要領を得ない右京がウロウロと仕事を探しながら仕上げの様子を見守っていると、背後でかすかに人の気配がした。ふりかえると、二人の男が一町ほど上流の瀬を踏み越えて村の方に向かっている様子である。その姿にはいかにも見覚えがあった。

——あれは……。

一昨日、右京を陥《おとしい》れた賊のかたわれに違いなかった。気づくやいなや、右京は手近にあったモッコの担ぎ棒をサッとつかみとるように拾いあげた。

突然、殺気立った右京に不審を覚えたのか、徳庵が、

「どうしました?」

と尋ねた。

それに対して右京が「賊です」と身をひるがえしながら言うと、男たちもいっせいに作業をやめ、手に手に得物《えもの》になりそうな道具をとった。各自の表情は瞬時に険しくなったがあわてた様子はなく、村人がこうした事態に慣れているのは明らかだった。

先頭をきって駆け出した右京の目に、賊たちが村はずれの一軒に押し込むのが映った。白昼堂々とは大胆なやり口であるが、つまりは見つかっても斬り抜けられるだけの自信があるのだろう。人々が田畠や山に出て家を空けている隙を狙うというのは、土地勘のない者にとってはむしろ危険が少ないくらいであるし、右京自身もつい二日前の真っ昼間に不覚をとったばかりである。

右京が家の前に駆けつけると、案の定、手早く仕事を済ませた賊とはちあわせになり、驚いて踏みと

どまった賊の懐《ふところ》から、干し肉や大豆がバラバラとこぼれ落ちた。

「……どこかで見た顔と思ったらあんたか。まさかこんなところで会うとはな」

賊は油断なく右京の目を覗きこんだまま言った。二人とも手は腰に差された不相応に派手な拵《こしら》えの刀の柄《つか》にかけている。

「ちょいと世話になったんでな。盗んだものは置いていけ」

「てめえには関係ねえだろう」

「一宿一飯の恩がある。それと、できればおれの得物も返してもらいたいな」

「馬鹿を言っちゃいけねえ。あんなもの、二束三文で売っちまったよ」

追いついた男たちが、賊を取り囲んで殺気を放った。ただし年寄り揃いな上に刀や槍を持っている者も一人としておらず、強力な武器になりそうなのは鍬《くわ》くらいである。賊たちはその様子を冷静に見極め、これなら逃げきれると踏んだのだろう。盗んだものを潔《いさぎよ》く諦めると、すばやく抜身をかざして身構えた。

右京は村人を手ぶりで制すると、

「どなたも手出しをなさいますな。こいつらにはおれが落とし前をつけさせますので」

「へボ牢人がでかい口を叩くな」

賊たちが不敵に笑った。一度手玉にとった相手と見くびっているのだろう。

右京は賊の一人の無言の斬りこみをサッと右足をひいてかわすと、担ぎ棒の先端で相手の股間を撥《は》ねあげた。そして刀を取り落として前屈《かが》みになる頭を押さえつけて膝を叩きこむと、賊は米搗《つ》きバッタのようにひょいと浮き上がって天を仰いだ。さらに右京の気迫に押されて硬直しているもう一人に対しても強烈な横薙《な》ぎをおみまいすると、あばらが砕けるような確かな手ごたえがあった。

うめきをあげて倒れこむ賊に男たちが殺到し、散々に罵《のの》りながら打擲《ちょうちゃく》を加える。

右京は少し間をおいて割って入ると、

「おい、今日はおまえらだけか。あとの二人はどうした？」

「……知らねぇよ」

賊は口許を朱に染めながらも、ふてぶてしく右京を睨んで言った。

そのとき、村の西手の方から齢とった女のものらしい悲鳴があがり、男たちが揃って視線を送った。

「ちっ、向こうもか」

右京は担ぎ棒を固く握りしめると、不案内な村の中をまっすぐに駆け抜けていった。

六

その夜、お倫はどことなく不機嫌なように見えた。

話しかければ笑顔で答えるし、右京に対して冷たくあたるというわけでもないのだが、まとっている空気が昨日と違ってよそよそしい。

そんなお倫の表情があからさまにこわばったのは、夕餉《ゆうげ》を終えた右京が懐から銭をとり出したときであった。手間賃として徳庵から受け取ったものである。

「世話になった礼というには少なすぎて気がひけるが……」

「そのために作業に出たんですか？」

「いや、路銀《ろぎん》も尽きておるゆえ……」

「だったらとっておいて下さい」

「遠慮することはない。それだけのことはしてもらったのだ」

「受け取れません」

お倫はきっぱりと突き返した。

「そうか……さしでがましいことをした。すまん」

「いえ、あたしの方こそすみませんね。でも、礼が欲しくて世話を焼いたんじゃありませんから。お足がなければ村を出ることもできないでしょ。あなたが刀を振りかざした賊と一人で渡り合ったなんて聞いたから、肝をつぶしたんですよ。銭も大切ですけど、もっと大切なものがあるんじゃありませんかね」

お倫はそう言うと、

「ああ今日も疲れた」

などとつぶやきながら、さっさと火の始末をして寝る準備を調えた。

結局、あとの二人には逃げられてしまったが、凶暴な賊をこども扱いした右京を見る村人の目は確実に変わっていた。盗みに入られた家の主は丁寧に礼を言いに来たし、遠くから感じていた探るような視線もなくなっていた。中でも源太は急に腰巾着《こしぎんちゃく》のようにまとわりつくようになり、武術を教えろとしつこくせがんだ。

――冗談じゃねえ。

右京の武術は人を殺すためのものである。源太のような青びょうたんがへたにそんな力を身につけると、身を滅ぼすもとになりかねない。

それに、右京はお倫の先ほどの態度を見て、明日にも発つことを決めていた。なんの礼もできぬままに去るのは心残りであったが、どのみち本来なら足を寄せるはずでなかった土地である。

お倫は暮らしが楽でないからこそ、右京に情けをかけられたと悔しく思ったのかもしれないが、実際のところはよく分からない。さっさと横になったその背中が答えを拒む以上、右京には深入りすることはできなかった。

――朝一番に発とう。

まずは商売道具を手に入れなければいけない。その算段もそこそこに、右京は息をひそめて目を閉じた。

七

右京の眠りは浅い。

いくさ場での習慣が染みついて、普段でも身体が熟睡を拒むのである。したがってたとえ手足を休めているときでも、耳や肌は半分ほど起きている。右京が今日まで生きのびてこられたのは、命を惜しまぬ勇敢さや技量の確かさもさることながら、何よりも殺気に対する敏感さのおかげであったと言っていい。

その右京が、闇の中でおもむろに起きあがるお倫の気配に気づかないはずがなかった。お倫はそっと右京の背後から近づくと、覆いかぶさるように右京の顔を見下ろした。

――まさかな。

右京の頭にふと好色な期待がよぎった次の瞬間、

――！

頭の芯を鋭い痛みが走り抜けた。

反射的に目を瞠《みは》ると、お倫がギュッと握りしめたかんざしを右京の左脚に突き立てている。暗中に浮かぶ女の影は、うっすらと鬼気をまとってふるえていた。

「男って、どうしてみんなそうなんですか……」

お倫がひんやりとしたことばを放った。

「勝手に危ない目に飛びこんで、勝手に心配かけて、勝手にいなくなる。こっちの都合なんかおかまいなしで。そのくせそれは、あたしのためだとか言うんですよ」

「……親父さんが、そうだったのか」

お倫は右京の問いには答えようとせず、ただ寂《じゃく》と微笑んだ、ように見えた。

そしてそのまま背をむけようとするお倫の手首を、右京がはっしとつかんで引きよせた。

倒れこむように右京の胸の中に収まったお倫の身体から、スッと力が抜ける。

お倫の手からこぼれ落ちたかんざしが、コトリと音をたてて床に転げた。

右京がお倫を抱く両腕に力をこめると、お倫は右京の肩に血のにじむほど強く爪をたて、

「出ていくんでしょう?」

とささやいた。

右京がお倫の柳腰《やなぎごし》に手を添えると、お倫ははだけた胸乳《むなぢ》を押しつけるようにして、右京の頭をかき抱いた。

八

荒々しい息づかいときしみの消えた屋内を、再び虫の音が満たした。

お倫は羽織った小袖の襟元を乱雑に引き合わせ、キョロキョロとあたりを見回した。

「これか」

右京が手許に落ちていたかんざしを差し出すと、

「父さんが、ずっと前にいくさから戻ってきたときにあたしにくれたんです。どこでどうやって手に入れたんだか知りませんけど、きっと高価なんでしょうね」

「だろうな。京で見たことがある」

「珊瑚《さんご》とか言うそうですよ。遠い海の中で気の遠くなるような時間をかけてできるんだって、自慢げに話していました。右京さん、海を見たことありますか?」

「何度かは」

「そう。あたしはここに来る前、潮の香りがする家で暮らしていたんです。夜になると、こんな虫の音じゃなくて波の音が一段と高く聞こえました。今でも真っ暗な海の、こわいようなほっとするような不思議な冷たさを思い出します。でも、もう二度と見ることはないでしょうね」

「見たくないのか」

「そうじゃなくって、見られないんです」

「なぜ？」

「あたしはもう、長くないんです。死病がしっかりと根を下ろしていて、どうしようもないんです。自分の身体のことは自分が一番分かりますから」

「馬鹿な……」

と言いかけて、右京は口をつぐんだ。お倫に、これまで戦場でいやというほど見てきた死に往く者の臭いを感じたからだった。

「母さんも、弟も、同じように血を吐いて死にました。次はいよいよあたしの番。ひさしぶりにいい思いもさせてもらいましたから、この世に未練はありませんよ」

そう言ってお倫は淫靡《いんび》に笑った。

「……もうしばらく世話になってもいいかね」

「嘘ばっかり」

お倫のかんざしが右京の脚につけた傷は、つばをつけておけば治るような小さなものでしかない。だが、その鋭い尖端は右京の心の裾をしっかりと床板に打ちつけて放さなかった。

「嘘じゃないさ」

右京はもう一度お倫の身体を抱き寄せた。するとお倫は「あら、いやですよ」と言いながら、手足をからめてくる。その胸元に顔をうずめると、お倫は消え入りそうな吐息を洩らし、右京の背中にそっと指を這わせた。

九

「それでおかよさんに同情したのですね」

静かに右京の話を聞いていたはや乃が、豁然《かつぜん》と言った。かいつまんだにしても話せば長くなるのは分かっていたから、右京たちはおかよの家の中に移っていた。

「いくさしか知らない男が、いくさで肉親を亡くした女に出逢い、一緒に暮らすようになる。考えてみれば皮肉なものだ」

右京は家の中を見やった。狭い屋内は、四人の人いきれで満たされるほどであった。

「お倫さんの家もこんな感じだった。二人が横になるには充分だが、それ以上は窮屈といった程度のあばら屋だ。そこで寝食を共にしたのは一年にも満たない間だったが、そのかわり一日一日の記憶が鮮明に焼きついている。これといって特別なことがあったわけではないのにな。お倫さんは独り身のときと同じ暮らしをつづけていたし、おれはおれで徳庵さんの手伝いで畠仕事にいそしみ、源太はいつもちょろちょろとまとわりついていた。結局押しに負けて、武術を教える羽目になったからだ」

「わたしのときと同じですね」

と言ってはや乃が笑った。

「そうだな。源太は年が明けると元服を迎えた。寄合に参加する資格を得る代わりに、夫役なり軍役なりを課される身になったわけだ。いくらおれが力を持つ危なさを説いても、あいつは持たない方がよほど危ないと言い張った。どちらが正しいという問題ではなく、守るべきものがあるかどうかの違いだ。あいつはたった一人の家族である母親を守るための力を欲しがったのだろう。もっとも、母親というものは大抵そんなことを望みはしない。母のためと言って先に死ぬような息子は、親不孝の大馬鹿野郎だからな」

「源太さんも……」

「いや。この話の中で死ぬのはお倫さん一人だけだ」

「お倫さんは、本当に病だったのですか？」

「最後の最後まで平気な顔をしてはたらいていたが、人の見ていないところで苦しんでいたのだろうな。はじめておれの目の前で血を吐いたときが死ぬときだった」

「気丈な人だったのですね」

「というより、意地っ張りだったのさ。筋金入りのな」

やもめ暮らしに右京のような厄介者が入りこめば、ただでさえ少ない蓄えを分けあわねばならなくなるのは当然だった。もともと冬から春にかけては収穫の乏しい時期であり、麦秋《ばくしゅう》までは深刻な飢えとの戦いである。

十

米は冬のうちに食い尽くし、雑穀で炊いた雑炊も日に日に水気を増していった。だがお倫は、そんなものさえ口にするのを億劫《おっくう》がるようになっていった。お腹がすいていないから、と自分の分まで右京にすすめるお倫の顔は、徐々にではあるが確実に血色を失っていった。

それでもどうにか厳しい時期をしのぎきり、田では米の裏作の麦が刈り入れの時期を迎えようとしていた。夏場には疫病や熱暑などの障碍《しょうがい》が待ち受けているものの、ひとまずここを乗りきれば当面の飢えからは解放されるのである。

「よく育ったものだな」

と右京が言った。家の裏手にあるお倫の小さな畠でも、背筋をすっきりと伸ばした麦が、その身をすりあわせるようにして風にそよいでいる。

「右京さんが来たときには、まだ種も蒔いていなかったものね」

「これで少しは満腹になる」

「そういえばしょっちゅうお腹を鳴らしてましたね」

「心は足ることを知っていても、腹は欲張りで正直だからな」

お倫は右京に寄り添って、夕陽を浴びてゆるやかに波打つ麦の穂を、目を細めてじっと眺めていた。

収穫は村人総出で、各自の畠を順々に回って行われる。三、四日のうちにはお倫の畠の番が来るはずで、そうすればお倫に今よりもましなものを喰わせてやれると思った。

「そろそろ帰りましょうか」

「ああ」

日中は汗ばむくらいの初夏の陽気も、日が落ちる頃にはおだやかで、いくらか涼気をまじえるくらいになっていた。

右京が家に向かって踵《きびす》を返そうとしたとき、突然、お倫が咳きこんだ。

「どうした?」

心配した右京が背中に手を添えようとすると、お倫は手を上げて「大丈夫だから」というようなそぶりを見せた。だが次の瞬間、お倫はひときわ身体を大きくふるわせると、ゴボゴボという嫌な音とともにうずくまった。必死に口許を押さえる両手の指の間から、赤いものが滴り落ちている。

――くそっ。

右京は腕の中に倒れこんできたお倫を抱え上げると、静かに、けれども飛ぶように家に向かった。

その様子を、遅れて村仕事から戻ってきた源太が見ていた。

「お倫さん!」

「すぐに徳庵さんに知らせろ。血を吐いた」

動転した声をあげる源太に右京が叫ぶと、源太は両手の荷物をいっせいに投げ出し、一目散に駆けていった。

十一

源太が息絶え絶えの徳庵を連れてきたときには、お倫の顔にはすでにくっきりと死相が浮かんでいた。一応の落ちつきは取り戻したものの、徳庵の煎じた薬湯もほとんどのどを通らなかった。

「お手をわずらわせてすみませんね」

お倫が横たわったまま頭を下げると、徳庵は何も言わず、ただ柔和な表情で小さくうなずいた。

「源太さんもごめんね。大変だったでしょう」

源太は何も言えず、ぎこちない笑顔で首を横に振った。それを見たお倫が、クククッと笑いをかみ殺した。

「あたしは大丈夫だから、今日はもうお帰りなさい」

「大丈夫なわけないだろ。お倫さんはいつだってそうだ。疲れても、しんどくても、なんでもない、平気だって顔をして」

「あら、心配してくれてるの。やさしいのね」

「当たり前だろ」

「村仕事は明日も明後日《あさって》もつづくのよ。あなたが出なければ、その分までお母さんが代わりをつとめなきゃならなくなる。だから早く帰って休みなさいな」

まっさきに麦の刈り入れを終えた田では、さっそく田植えの準備にとりかかっている。この段階の田起こしや代かきのような力仕事は男の役割であり、それこそ猫の手も借りたいくらいにきつい。源太のわがままで抜けるわけにはいかないのである。

徳庵が腰をあげ、源太に目顔でそれとなく促した。

「わたしたちはとりあえず失礼させていただきましょう。右京さん、何かあったらすぐに源太を使いによこしてください。じゃあお倫さん、また明日うかがいますよ」

右京とお倫は揃って徳庵に会釈を返したが、源太はおもむろに戸口まで行くと、そこで屋内を一瞥《いちべつ》し、別れの挨拶もせぬままにくるりと背を向けて去っていった。

「……わざと二人きりにしてくれたのね」

もはやお倫が助からないことは、徳庵にもすぐに分かったのだろう。お倫なら、死ぬときでも変わらぬ暮らしを望んでいると思ったからこそ、余計な施術などすまいとあっさり諦めたに違いなかった。

「源太の奴、不満そうだったな」

と右京がからかうように言った。いつも通りの夜が、そこまで来ていた。

「あの子、あたしに惚れてたから」

「それは聞き捨てならんな」

という右京の言い方がおかしかったのか、お倫が「ふふ」と笑った。

「右京さんとはじめて逢ったとき、あたしは源太さんに呼び出されてあの薬師堂に行ったんです。話があるからって」

「夫婦《めおと》になってくれとでも言われたのか」

「あら、よく分かりましたね」

「あれくらいの齢のガキにはよくあることさ。自分は一人前の男だと思っているから、祝言をあげたいだの、寄合に参加したいだの、いくさに出たいだのと、やたらに背伸びをしたがるものだ」

「右京さんも？」

「思いあたるところはある」

「はじめての人に思いつめたんですか？」

「というと……」

「あら、ごまかしちゃって。あれですよ、勿論。あの子の母親に頼まれて、あたしが筆を下ろしてあげたんです。ここじゃみんなそうですよ。だいたい後家だとか親戚のおばさんなんかが手ほどきをしてあげるものですけど、右京さんのところは違うのかしら」

「おれはそんなありがたい思いはさせてもらえなかったな」

「はじめだけですよ。男の人は若い娘が好きだから。でもあの子は内気でなんでも重くうけとめる性質《たち》だから、責任をとるとか言い出してね。あたしを嫁にもらいたいなんて……」

お倫が激しく咳きこんだ。口許からこまかな鮮血が飛び散る。

「無理をするな。あまりしゃべらない方がいい」

「……そんなことを言うと……この世に未練を残して化けて出ますよ。話せる間は話させてくださいな」

右京がお倫の髪をそっとなでると、お倫はゆっくりと瞬きしてフッと息を吐いた。

「あの子はあたしの半分しか生きていないんだから、夫婦《めおと》になんかなれっこないのに」

「だめか」

お倫が苦しげにうなずいた。

「焦ってるんですよ。亡くなった父親の分まで頑張らなくちゃって」

「徳庵さんもそう言っていたな」

「あたしのとこもあの子のとこも、もとは流れ者なんです。そういう家は他にも何軒かありますけど、みんなもとの土地をいくさで焼け出されたり、飢渇《けかち》でつぶれたりして、やむにやまれず欠け落ちてきたんです。だから受け入れてくれる村があるなら、どんな条件でもたいてい二つ返事で呑むしかなかった。あたしたちは小指の先ほどの土地とひきかえに、率先して軍役をつとめることを約束しました」

「それでいくさに出たのか」

「いざというときのために、村に飼われていたようなものです。その分、村の役負担は軽くしてもらっているから、文句を言えた筋合いじゃないんですけどね」

お倫は勢いこんで話しつづけた。

「何をしたって所詮よそ者はよそ者のまま。あたしたちは宮座にも女房座にも入れてもらえず、村人にはなれませんでした。でもあの子は違う。あの子はこの村で生まれました。村入りの儀式も経ているし、役負担もきちんと納めてきました。あの子は村人になれるんです。そうすればもう、引け目を感じることもないんです。村に飼われる存在じゃなくなるんです」

「そうだな」

「こんな村でも、あの子にとっては故郷《ふるさと》ですから。出ていくのは簡単だけど、新たに居場所を見つけるのはね……。右京さんはどう？　まさか陣中で生まれたわけじゃなし、どこかに故郷があるんでしょ」

「そりゃそうさ。もう、十年近くも帰っていないが……」

「帰りたいと思わなかったんですか？」

「どうかな。考えようとしなかったからな」

「きっと待っていてくれる人がいますよ。どの面下げて、なんて思うほど、人は気にしていないものですよ」

「そういうお倫さんはどうなんだ。ここは居場所じゃなかったのか」

「元の村を捨てたときには、どこでもいいから早く落ちつきたかったのに、いざ腰を据えてみると流れの暮らしが懐かしくなったりしてね。結局、ないものねだりなんですよ」

お倫が右京の顔を見てほほえんだ。そして崩れかけた束ね髪から紅い玉飾りのついたかんざしをひき抜くと、

「右京さん、この話をしたの覚えてる？」

「親父さんの土産なんだろ」

「父さんは村のための軍役を果たしたあとも、稼がなければ生きていけないからって進んでいくさに出たんです。何度も何度も。あたしは暮らしが苦しくたって、生きてそばにいて欲しかった。そのくせこ

んなきれいなものをもらえれば、やっぱり嬉しかった。欲張りなんですよ」

「誰だってそうさ」

「このかんざしのために、血を流したり、泣いたりした人がいるって分かっていても、あたしの宝物なんです」

「髪、束ねてやろうか」

お倫がニコリと笑った。

右京はその背中に手をやり、そっと身体を起こした。そして小さな肩にかかった髪を集めて歯のこぼれた櫛《くし》で何度も梳《す》きかえすと、丁寧にまとめた髪を若草色の紐で結い、束ねた部分にかんざしを挿《さ》した。

「……ありがとう」

それからおよそ一刻後、お倫は息をひきとった。

右京は慟哭《どうこく》するでもなく、うちひしがれるでもなく、ただただほっとしている自分が哀しかった。

あとの差配《さはい》は徳庵に任せておけばよかった。

翌朝、女たちが死化粧を施してくれたお倫を、右京は源太と二人で戸板に乗せて河原に運んだ。集められた小枝や薪の山の上でゆっくりと骨と灰に帰っていったお倫は、村人の墓地に埋葬された。徳庵の口利きで村人と同じ扱いを受けられることになったわけだが、お倫がそれを喜んだかどうかは分からなかった。

十二

「おれはそのあともお倫さんの家に住み、お倫さんの畠の麦を刈り入れた。跡を継いだような形で、一応村の暮らしに受け入れられてはいたわけだ」

「ならばどうして……」

「村を離れることになったのか、か。また例のごとくだ」

「いくさですか?」

「そうだ。お倫さんが死んでからおよそひと月後、信長公が明智どのの謀叛に倒れた」

「話の途中で申し訳ありませんが、つづきは外でいたしましょう」

と左馬介が言った。

「どこへ行くのです?」

「どうせならご本人の前でと思いまして」

「墓前で、ということですね」

「ええ。この時刻になると、きっと村の様子がきれいに見えますよ」

左馬介はそう言って立ち上がると、戸口を開けて皆をうながすべくほほえんだ。

十三

「こんばんは」

源太を提灯《ちょうちん》持ちにひきつれ、宵《よい》に右京を訪ねた徳庵が、いつものやわらかな物腰で言った。

信長憤死の報は、この日の昼前には羽柴軍中の使い走りによってもたらされていた。

昨年秋に山陰の鳥取城を降した羽柴秀吉は、続いて山陽方面に矛先を転じていた。先頃からは、毛利方の最前線である備中《びっちゅう》高松城を囲んで後詰めの毛利家本隊と対峙《たいじ》していたのだが、決戦を挑むには数が足りないため、主君に援けを仰いだ。

鳥取城でも同じようなことがあったが、あのときは結局毛利の援軍が来なかったため、信長の出馬もからぶりに終わっていたのである。しかし、今度はすでに毛利軍が秀吉と指呼《しこ》の間《かん》で睨《にら》みあっていることでもあり、信長は配下の諸将に出陣を命ずるとともに、自らもごく少数の近臣とともに安土を発った。そして京の四条本能寺に宿したところで天命が尽きたのである。

主君の来援を心待ちにしていた秀吉がこれを知ったときの衝撃は想像するにあまりあるが、その後の動きはすばやかった。秀吉は主君の死を秘したまま毛利と和議を結び、飛ぶようにして居城の姫路にとって返すと、城に蓄えてあった金銭米麦を惜しみなく将兵に分け与え、弔《とむら》い合戦に挑む軍勢の士気を大いに高めた。と同時に、こうした経緯を領内に隠さず触れ回りながら、各村で追加の兵を急募したのである。

右京のいる村でも使い走りを迎えた直後に寄合が招集され、長時間にわたって年寄衆《おとな》が額を寄せて話し合いをつづけていた。徴兵に応ずるかどうかもさることながら、仮に応ずる場合、誰をさしむけるかが問題であった。

人々にとっていくさは必ずしも忌むべきものではない。確かにいくさの被害をまともに受けたときのすさまじさは、七度の餓死に遭うとも一度のいくさに遭うなと言われるほどであるが、逆の立場であればそれだけ略奪のし放題ということである。重要なのは第一に勝ち負けであり、その見極めに慎重を期したのも当然であった。

「結論が出ましたか」

と右京が言った。

「ええ。聞きたいですか?」

徳庵が珍しくもったいぶったような言い方をしたが、それは右京の心中を察している証拠だった。実のところ、右京は寄合の結論などはなから想像がついていたし、目の前の徳庵たちの様子を見れば、それが間違っていなかったことは明らかだった。

「人を出すのですね」

「全部で四人です」

「一人はおれですね」

「無理にとは言いません」

徳庵は淡々と答えた。

「でも断れはしないのでしょう。もう一人はそこで提灯を持っている奴ですね」

「そうです」

右京は源太を見やった。火影《ほかげ》にぼんやりと照らし出された表情はよく読み取れないものの、鬱陶《うっとう》しいくらいの緊張感がひしひしと伝わってくる。

「おまえ、自分で望んだのか？」

「……稼がなきゃ喰っていけないだろ」

「飢えはどうにか一段落したろう」

「麦を刈り入れれば秋の実りの心配。それが済めば来年の麦の心配。長雨に日照り、暴れ水、霜枯れ。次から次へと災難はやってきて、青物や山の物だって穫《と》れるかどうか分からない。今が大丈夫だからって安心していると、困ったときには誰も助けちゃくれない。いつでも最悪の事態に備えて、稼げるときに稼げるだけ稼いでおくのが、おれたちの暮らしなんだよ」

源太が少し気色ばんだ様子で一息に言うと、右京は素直にうなずいた。源太の言っていることは何も間違っていない。まっとうな農民の暮らしである。それに比べておのれの生きざまなどは、博徒《ばくと》にもひとしい放埒《ほうらつ》なものでしかなかった。元手が尽きれば修羅《しゅら》の巷《ちまた》に身をひたし、幸いにして敵将を血祭りにあげて報償にあずかれば、それがなくなるまで無為徒食《むいとしょく》にふけった。所詮はわが身一つと勝手に思いこみ、その考えがいかに傲慢《ごうまん》であるか、お倫と出逢うまで気づきもしなかった。だが源太は、少なくとも自分がいくさで死ねば母親が悲嘆にくれることを知っており、それでもなおかついくさに行かねばならないと言っているのである。

「おそかれはやかれ軍役はつとめないといけないんだ。だったら……」

「分のいいときに出ておくか。その点、寄合ではどう判断したのです?」

と右京が徳庵に問うた。

「蓄えを残らず将士に分け与えるくらいですから、手柄をたてれば恩賞が期待できるのは確かですが、それはご本人も乾坤一擲《けっこんいってき》の勝負になると覚悟してのことでしょう。羽柴が勝つとは言いきれません」

当然であろう。勝ちいくさと分かっていたら、右京などにお鉢が回って来はしない。いくら村の暮しに受け入れられていたとはいっても所詮は末席であり、逆に一朝事あるときには最優先で矢面に立たされる身に過ぎない。時間をかけて迷ってくれただけでもありがたいと思うべきであった。

――よそ者などより身内が大切に決まっている。

右京はそれを残酷なこととは思わない。自分は目的もなくただ明日の糧を得るために、見知らぬ相手を数限りなく殺してきたのである。ならば大切な人を守るために誰かを犠牲にすることくらい、罪のうちにも入るまい。

「行くなとは言わん。ただ、欲はかくなよ。はじめていくさに出る奴は頭に血がのぼって何も見えなくなる。追い奪《と》り目当てで深追いすると、逆に恰好の餌食にされるぞ。首を獲《と》るときや、懐を探っているときが一番危ない。まずは生きて帰ることだけを考えていろ。勧めるつもりはないが、いくさで稼ぐ機会などまだいくらでもあるのだからな」

「右京さんはどうするのさ?」

「正直、いくさには飽いた。かといって断れば村には居づらくなる。仕方がない。逃げるとするか」

「そんなことを言って、どこか行くあてはあるのかい？」

「考えないことにしていたが、あてはずっとあったのだ。おれ自身が近づくのを拒んでいただけでな」

「そうか……帰るんだね」

「この機を逃したら、二度と帰る勇気がわいてこないかもしれないからな。胸の中に懐かしさがいっぱいに詰まっている反面、いざそこに足を向けようと思うと、とんでもなく気が重い。不思議なものだな」

「今すぐ発ちますか？」

と徳庵が言った。

「ええ。いつの間にかいなくなった方が、あれこれ揉めなくていいでしょう」

「寂しくなりますな」

「なんの。こんなことには慣れっこでしょう」

「それもまた、寂しいことですよ。これまでにどれだけの人が村をあとにしたきり帰って来なかったか。食い詰めて欠け落ちたり、一旗揚《あ》げると言って都をめざしたり、いくさに駆り出されたり。お倫さんの父親も、源太の父親も、かつて庄屋だったわたしが戦場にやったのです。誰かが行かねばならないのですから、仕方のないことと分かっていても、やはり死なせてしまったのには違いありません。そしてそんなことを何度もくりかえしているうちに、あなたの言ったとおり、わたしは慣れていきました。知った人を失うつらさは変わりませんでしたが、それでもいつの間にか、当たり前のように闕所《けっしょ》や跡職《あとしき》の処理をこなせるようになっていました。庄屋として頼もしくあろうとすれば、泣き言は言っていられませんからね」

　徳庵がそこでふっと笑った。そして、

「だからといって、あなたにこんなことを要求する村の立場も分かってくれ、などというのは虫がよすぎるでしょうね。本当に申し訳ない」

　頭を下げる徳庵の姿は丁寧ながらも、決してあとには引かない迫力があった。隠居の身とはいえ、徳庵は村の意志を背負ってここへ来ているのである。たとえ右京がごねたところで、はいそうですかと認めてくれるはずがなかった。

「こちらこそ勝手にころがりこんで勝手に出ていくのですから、迷惑をおかけすることを謝らねばなりますまい。源太、おまえにも世話になったな」

「…………」

　源太は押し黙って右京を見つめた。

「では、そろそろ行きますか。さいわい今夜は月がある。道を外れて迷うこともありますまい」

　穫れたての麦を瓶からすくって巾着におしこみ、なけなしの銭を懐につっこんだ右京に、徳庵が手ずから何かを握らせた。掌でひんやりとした小粒の金属の感触がする。それが銀であることは見ずとも分かった。

「よろしいので？」

「わたしはもう、庄屋じゃありませんよ。村からではなく、わたしからの餞別《せんべつ》です」

「ならば遠慮はしませんよ。正直、物乞いでもしなければ道中を食いつなげないと思っておりましたから」

「お元気で」

「しぶといのがとりえですから」

おもむろに月夜に踏み出した右京に、源太が「二度と来るなよ」と声をかけた。右京は足をとめてふり向くと、歯を見せて笑った。

「言われなくても分かっとる。しかしなんだな……生きていくのも楽じゃねぇな」

「いい齢してなんだよ、それは」

「別に。言ってみただけさ。じゃあな。死ぬなよ」

歩き出した右京の右手に、上弦の月が浮かんでいた。夜っぴて歩くのはひさしぶりのことで、自分が歩いているのが道なのかどうかも定かではない。それでも、

——じきに目が慣れるだろう。

右京はためらうことなく前に進んだ。東へとつづく道は、羽柴の軍勢が明智の軍勢と雌雄を決すべく駆けていく道筋である。兵馬の臭いを頼りに行けば、迷う方が難しいくらいであろう。争乱の畿内を抜けていくことにも不安はなかった。

右京はいつしか、自分が左足を軽く引きずるようにして歩いているのに気がついた。痛みがあるわけでも、意識してそうしているわけでもない。けれどもそこにはお倫の残した傷跡があった。右京は苦笑すると、

——どうせいそがぬ旅だ。のんびり行こう。

ひょこひょこと身体を揺すりながら、かつて来た道を一歩一歩戻っていった。

十四

「叔父さまのびっこはいくさの傷がもとかと思っていました」

「この男はなかなか自分からは話そうとしませんからね。今も大切な部分を抜かしておりました。まったく油断も隙もない」

「言いがかりをつける気か。恥を忍んで身の上を語ったというのに」

と右京が言うと左馬介は、

「だったらお倫さんのかんざしはどうした？　一緒に燃やしてしまったわけではあるまい」

「知っているくせにつまらんことを言う奴だ。かんざしは……」

「そこでしょう」

はや乃がお倫の墓を指さしながら言った。

「お骨の代わりに埋めたんでしょう」

「早合点をしてもらっては困るな。ここにあるのは銘も刻んでいないただの石くれだけだ。掘りかえしたって何も出んぞ」

「じゃあ、どこに」

「……海の中だ。途次の明石の浦で足止めをくったついでにぼうっと海を見ておったら、なんとなくお倫さんの言っていた故郷の景色はこんなものではないかと思えてきてな、沖に向かって投げこんでしまった。もともと海から採れた玉飾りだから、返してやっただけのことだ」

はや乃が目を細めて、

「叔父さまにしては素敵なこと」

「にしては、とはなんだ。もう棒術を教えてやらんぞ」

「あら、ごめんなさい。おばあさまの口の悪さがうつったのです。でも、わたしに兄弟子がいたなんて知りませんでした。源太さん、どうしたでしょうね」

「さあな。結局、勝ちいくさだったから、へまをやらなければ死にはしなかったろう。稼げたかどうかは知らんがな」

「そうですね」

「もうじき兄上が隼人どのに家督を譲る。いくさ向きのことはすでに勝三郎兄が一手に引きうけているから、隼人どのが遠近衆を率いて戦場に出ることはないだろう。だが、それでも責任は重いぞ。この世からいくさが無くならないかぎり、人々をいくさに送り出す立場もまた、お役御免にはならんからな。天下の過半は関白殿の膝下《しっか》におさまったとはいえ、まだ東国は手つかずに残っている。それに京からの報《しら》せによると、近ごろでは六十余州をあまねく平らげたあとは、海の向こうの唐南蛮《からなんばん》まで斬りしたがえるなどと大風呂敷をひろげているらしい。にわかには信じられんが、もしもそうなれば軍役も夫役も今とはくらべものにならないくらい厳しくなるはずだ」

「これ以上ですか……」

「まあ、詳しいことは隼人どのが帰ってきてからだが、まずは堅苦しい話題は抜きにすべきだろう。なんといっても隼人どのにとってはじめて見るわが子の姿。遠近に帰れる日をさぞかし待ちわびておったろうからな」

「……ええ」

　はや乃が歯切れ悪くうなずいた。

「どうした。気にかかることでもあるのか」

「みなさんの話を聞いて、わたしなりに思ったのです。隼人どのには居場所があったのだろうかと。わたしにとっての故郷《ふるさと》は、あの人にとっても故郷だったのでしょうか。そんなこと最近まで考えたこともなかったので、もしかしたらわたしはずっとあの人の気持なんておかまいなしに生きていたんじゃないかと心配で……」

「居場所なんてのは、自分でつくるものだ。おまえが心配しようがすまいが隼人どのは遠近谷に帰ってくるし、本人は本人なりにおのれの周りを居心地のいいように整えておる。浮気もまあ、そのひとつと言えなくもないが、こればかりはな。帰ってきたらこってりと油を絞ってやるといい。おかよさんも、言いたいことを言ってやりなさい。お互いに遠慮して口にできなかったことがたくさんあるでしょう」

「本当に今日はすっきりしました。でも、この調子で何も知らない隼人どのを問いつめたら、さぞかし仰天するでしょうね」

　おかよがはや乃と顔を見合わせて笑った。

「いい薬だ。あまり手綱《たずな》を緩めすぎると本人のためにならんぞ」

「あら、それじゃあ叔父さまももう少し詳しく問いつめましょうか。特に夜這った娘衆の名前は是非とも知っておきませんと」

「それならわたしが……」

と口をはさもうとする左馬介を右京は無視し、

「今度な。機会があれば話してやる。見ろ。稲穂が西日を浴びて水面のように輝いておるわ」

そして初夏になれば、目の前の段々畠の一枚一枚が、すっくとのびた麦の穂でびっしりと埋めつくされるのである。たとえさまざまな災害で実りの乏しい年があっても、必ず豊かな恵みを与えてくれるときがくる。お倫には、もっともっとそんな光景を見せてやりたかった。だからこの場所に石を置いたのである。権六谷戸のように新たに拓かれた村で、年ごとに新たな作物が根付いていく。そしてそれは人々の口を糊《のり》し、また新たな命を生まれさせる。

自分や兄たちの生きた遠近谷は、絶えざるいくさとともにあった。隼人やはや乃の担う遠近衆も、いまだいくさと無縁ではいられない。だが萩丸の大きくなった頃には、世の中はがらりと変わっているかもしれない。いつかは必ずいくさのない世の中が来るであろうし、そうなればまた必ずどこかでいくさが始まるだろう。いくさがあろうがなかろうが、人々は苦しみ生きていく。そして石は次第に苔むしながら、そんなくりかえしなどとは無関係に、ただひっそりと木陰に転がりつづけるのである。

「わたくしも、時折ここで手を合わさせていただいてよろしいですか?」

とおかよが言った。

「所詮はなんの変哲もない石ころですからね。拝もうが、話しかけようが、花を添えようが、どうぞお好きなように」

「お倫さんの魂が石に宿ったか、かんざしと一緒に海に還ったか、それともはるか西方浄土で救われたかは、わたくしにはわかりません。でもきっと、お倫さんは右京どののことをそばで見守っていると思いますよ。右京どのが忘れないかぎりはきっと」

と、おかよが門徒に似げないことを屈託《くったく》なく言った。

どこに行こうが、人の世の営みに大差があるわけではない。だが、極楽で暮らすお倫の姿だけは想像しがたかった。苦労性のお倫は、働かずにいることはかえって我慢できないに違いない。死んでもなおまめまめしく立ち働くお倫の姿を思い描いて、右京はひとり笑みを浮かべた。

人々（はや乃、力の限り出迎える）

「まもなくご到着です！」

そう言って息せき切って駆けつけた先触れの若者が、居館の下女のさし出す水を一口含んでおもむろに腰を下ろした。

一行の帰還がこの日の昼頃になるという予定は前日のうちに伝えられており、遠近館では息子を送り出した老母や事情もろくにのみこんでいない童男童女らが、門前市をなすにぎわいを見せていた。

さいわいこのところは好天に恵まれて、権六谷戸《ごんろくやと》の稲刈りも滞りなく済ませることができた。まだ稲架《はさ》掛けの最中で脱穀まで油断はできないが、ひとまず仕事の山場は越えたということである。人々の表情が明るいのは、ひさしぶりに身内に会えるという喜びだけでなく、その身内を無事に迎えられることにも感謝してのことだろう。

はや乃はだいぶ重くなった萩丸を抱きかかえながら、村人たちのうしろに控えるように立っていた。すぐそばには両親や侍女のおせきら居館の者が固まって、婿や、ともに都に行った男たちの帰りを今や遅しと待ちわびている。

前方に目をやると、女たちが多い中で二つばかり飛び抜けた頭が目につく。右京と左馬介であることは一目瞭然であった。

「あのお二人、先日とは全然違いますね」

と、はや乃は隣にいるおかよに話しかけた。出迎えなどできる身ではないと遠慮するおかよを、なかば引きずるようにして無理矢理連れてきたのである。

「ええ。髻《もとどり》をきっちり結って、後ろ姿だけでも凛々《りり》しく見えます」

「おなごの恰好《かっこう》も捨てたものではありませんでしたけど」

「でも二度と着てはいただけないでしょうね」

「またおばあさまたちに言われれば、きっと断れませんよ。本人たちも、満更でもなさそうでしたしね」

その由乃と志のぶの姉妹は、館の中でのんびりと茶などを啜《すす》っている。こんなときだけ年寄りぶって、若い者に挨拶に来させようというのである。

「ところで隼人どのはどんなものを土産に持ち帰ってくれるでしょうね？」

「さあ……わたくしは頂けるなんて思っておりませんので」

「何を言っているのです。無いわけがありませんよ。もっとも、わたしには気づかれていないと思っているから目立たぬような小さなものでしょうけれど」

「いただいてよろしいのですか？」

「どうせならこうしましょうか。お互いにもらった物を交換するのです。もちろん内緒で。わたしとあなたが一緒に出迎えるだけでもさぞかし肝を冷やすでしょうけれど、その上いつの間にかお土産が入れ替わっていたら、どんな顔をするでしょうね」

おかしさをこらえきれないはや乃におかよは、

「ちょっとやりすぎじゃありませんか」

「あら、わたしたちが仲違いしたわけではないと分かっていいじゃありませんか」

「そちらの方がいい物でも文句は言いっこなしですよ」

「じゃあこの話は中身を確かめてからにしましょうか」

「ずるい」

ふふ、と二人が顔を見合わせて笑うと、その様子を見上げていた萩丸も、あーあーと上機嫌になった。そのとき前の方で幼い声が、

「見えた！」

と叫ぶのが聞こえた。それを合図に子供たちが争うように「来た」「あそこ」と次々に声を張りあげる。すると、その子供たちの足許をすり抜けるように、黒い影が一行めがけて飛んでいった。

――クロだ。

クロガネは一目散に隊列の先頭にいた甚助《じんすけ》の膝に飛びかかると、日頃の衰えぶりが嘘のようにしきりに足許にまとわりついた。

はや乃がつまさき立つと、人々の頭のむこうで見慣れた男たちがこちらに向かって手を振る様子が目に映った。その中で一人馬上の隼人が、自分たち親子を見てほほえんだ、ような気がした。いっせいに歓声をあげて手を振りかえす人々に混じって、はや乃も萩丸の手をとって二、三度振ってみせた。ふと

隣を見やると、おかよも満面の笑みで大きく背伸びをして手を振っていた。

——これでいいんだ。

いずれは自分も、人々を過酷な現場へ送り出さねばならないときが来るかもしれない。それでもともかく、今は帰ってきた男たちを何も考えずに温かく出迎えてやるだけである。

はや乃はおかよに負けじと、萩丸を片手抱きにして天まで届く勢いで手を振った。

参考文献

朝尾直弘『大系日本の歴史8　天下一統』（小学館ライブラリー、一九九三年（初出は小学館、一九八八年））
飯沼賢司「「村人」の一生」（『日本村落史講座6　生活Ⅰ』、雄山閣出版、一九九一年）
井上鋭夫「一向一揆」（日本思想体系17『蓮如・一向一揆』、岩波書店、一九七二年）
宇田川武久『鉄砲と戦国合戦』（歴史文化ライブラリー、吉川弘文館、二〇〇二年）
大谷暢順『蓮如［御文］読本』（講談社学術文庫、二〇〇一年）
蒲池勢至『真宗民俗の再発見』（法蔵館、二〇〇一年）
神田和正「三河万歳のあゆんだ道」（『芸双書5　ことほぐ』、白水社、一九八一年）
神田千里『信長と石山合戦』（吉川弘文館、一九九五年）
金龍　静『蓮如』（歴史文化ライブラリー、吉川弘文館、一九九七年）
桑田忠親「統一への序曲　小牧・長久手の戦」（『日本の合戦六　豊臣秀吉』、新人物往来社、一九七八年）
高柳光壽『戦史ドキュメント　本能寺の変』（学研M文庫、二〇〇〇年（初出は『本能寺の変・山崎の戦い』、春秋社、一九七七年））
谷口克広『織田信長合戦全録』（中公新書、二〇〇二年）

谷口克広『織田信長家臣人名辞典』（吉川弘文館、一九九五年）
藤木久志『飢餓と戦争の戦国を行く』（朝日選書、二〇〇一年）
藤木久志『雑兵たちの戦場』（朝日新聞社、一九九五年）
盛田嘉徳「千秋万歳考」（『芸双書5　ことほぐ』、白水社、一九八一年）

うわなり打ちに関しては以下の論文・史料を参照しました。

桃　裕行「うはなりうち（後妻打）考」（『桃裕行著作集4　古記録の研究［上］』、思文閣出版、一九八八年（初出は『日本歴史』三五号、一九五一年））
『吾妻鏡』第一（新訂増補国史大系、吉川弘文館、一九六八年）
『権記』第三（史料纂集、続群書類従完成会、一九九六年）
『宝物集』（日本古典文学大系四〇、岩波書店、一九九三年）
『御堂関白記』三（陽明叢書　記録文書篇　第一輯、思文閣出版、一九八四年）
『むかしむかし物語』（続日本随筆大成〈別巻〉近世風俗見聞集　第一巻、吉川弘文館、一九八一年）

著者プロフィール
布川 寛人（ぬのかわ ひろと）
1976年、神奈川県生まれ。東北大学文学部史学科を卒業後、仙台城の二ノ丸および本丸で発掘作業員としてはたらく。最愛の小説は藤沢周平の「玄鳥」。道楽は自転車で旅をすること。

へるたー・すけるたー

2004年6月15日　初版第1刷発行

著　者　布川 寛人
発行者　瓜谷 綱延
発行所　株式会社文芸社
〒160-0022 東京都新宿区新宿1－10－1
電話 03-5369-3060（編集）
03-5369-2299（販売）

印刷所　図書印刷株式会社

ISBN4-8355-7511-3 C0093